U0930772

话说合肥经济圈

HUASHUO
HEFEI
JINGJIQUAN

盛志刚　吴旭东　著

合肥工业大学出版社

造就一座城市的，不是精良的屋顶和坚固的城墙，也不是运河或船坞，而是善于利用机会的人们。

——阿加奴（Alcaeus）（古希腊　公元前600年）

序言

自2006年始，在中共安徽省委决策下，以合肥崛起为背景的合肥经济圈建设，经过5年的奋力发展，一个位于泛长三角地区的新兴城市群已初见雏形。

《话说合肥经济圈》一书的出版，正是对建设中的合肥经济圈一个通俗的诠释。这本书解读了江淮儿女在强省之路上所做出的艰苦探索和辛劳付出，作者在采访了许多著名的专家学者、历史见证人、经济建设者、城市决策者之后，以翔实的史料、独到的构思、娓娓道来的叙述，为读者讲述了合肥与合肥经济圈的发展过程，展示了合肥经济圈建设中的多姿多彩，描绘了合肥经济圈走向未来的美好前景。

本书叙区域经济发展理论而不感晦涩，述地方经济人文历史而不嫌枯燥，图文并茂的特点而具有很好的可读性。

《话说合肥经济圈》一书由《合肥经济圈蓝皮书》执行主编盛志刚同志与合肥电视台记者吴旭东同志合作完成。

两位作者从2011年元旦开始动议，至2011年底成书。

在著书的同时，两位作者合作的一部反映合肥经济圈建设的九集电视专题片《合肥经济圈》也同时完成。

我们期待着合肥经济圈的建设取得更大的成就，期待着安徽更好更快地发展。

第十届安徽省政协　副主席

中国科学技术大学管理学院　院　长

方兆本教授

恩格斯说过：“历史就是我们的一切，在历史中总结，在历史中摸索，在历史中前进，是一条亘古不变的真理。”

《话说合肥经济圈》一书对镶嵌在合肥历史上的一段华彩乐章，做了真实的记录和诠释。我们期待着合肥经济圈的建设取得更大的成就，期待着安徽的伟大崛起。

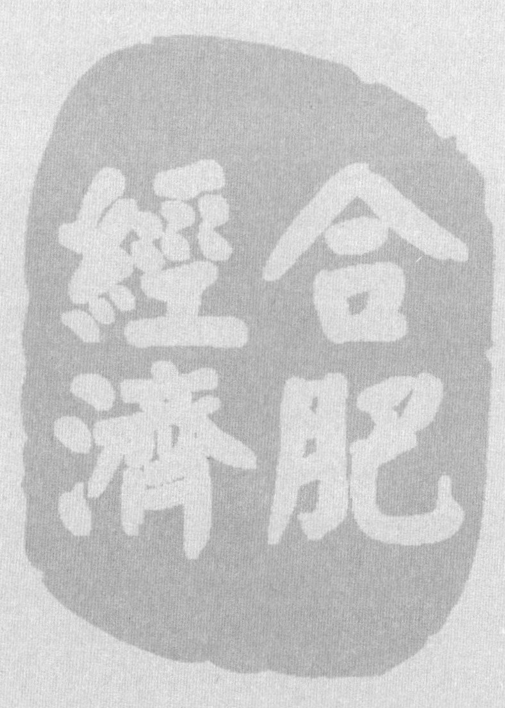

Contents
目 录

第一章　强省之梦 / 006
第二章　求索之路 / 023
第三章　龙头舞动 / 043
第四章　滨湖崛起 / 062
第五章　两翼展翅 / 077
第六章　南北呼应 / 094
第七章　桐子起舞 / 111
第八章　同频共振 / 123
第九章　拥抱明天 / 135
后　记 / 151

强省之梦

从太空看地球，夜晚灯光集中连片的区域，就是世界各大城市群。

1961年，法国地理学家戈特曼在他的著作《城市群：城市化的美国东北海岸》中第一次提出了城市群的概念。城市群或者说都市圈，是指以若干个大城市或超大城市为核心，与邻近的一批卫星城市，连同这些城市的覆盖范围，构成具有一定特色的城市群体。全球经济一体化的理论和实践证明，经过50多年的发展，大都市经济已经成为衡量一个国家或地区社会经济发展的重要标志。

从国际上看，北美的五大湖区、大纽约、大芝加哥、大洛杉矶四大经济圈，欧洲西北部都市圈、伦敦都市圈，日本的大东京、阪神、名古屋三大都市圈，不仅在其国内经济中占有举足轻重的地位，而且在世界经济和产业分工中，具有重大影响。

在中国，长江三角洲地区连片的灯光无可争议地说明，中国的长三角已跻身世界大城市群之一。以长三角经济圈为代表，珠三角、环渤海湾等经济圈的迅速崛起，成为中国区域经济快速发展最明显的例证。

而位于泛长三角区域的安徽，从卫星图上看去，只有数个大小不等的亮点在闪烁。

闪烁的亮点犹如大海中孤岛上的灯塔，对应着安徽沿江襟淮的城市。它们没有连片成群。显而易见，安徽的主要大城市之间没有形成城市群或者说经济圈。

在浩瀚如海的星空中，安徽上空映射出孤立亮点，何时能够皴染成一大片美丽的星云呢？

区域经济的崛起，是一个地区走向富强的标志，安徽自清朝建省以来，一直在寻求着强省的道路，强省之梦，历经百年。

从明朝南直隶省的地图上，我们可以清晰地看到，南直隶省所辖的范围，包括今天的江苏、安徽两省和上海市。

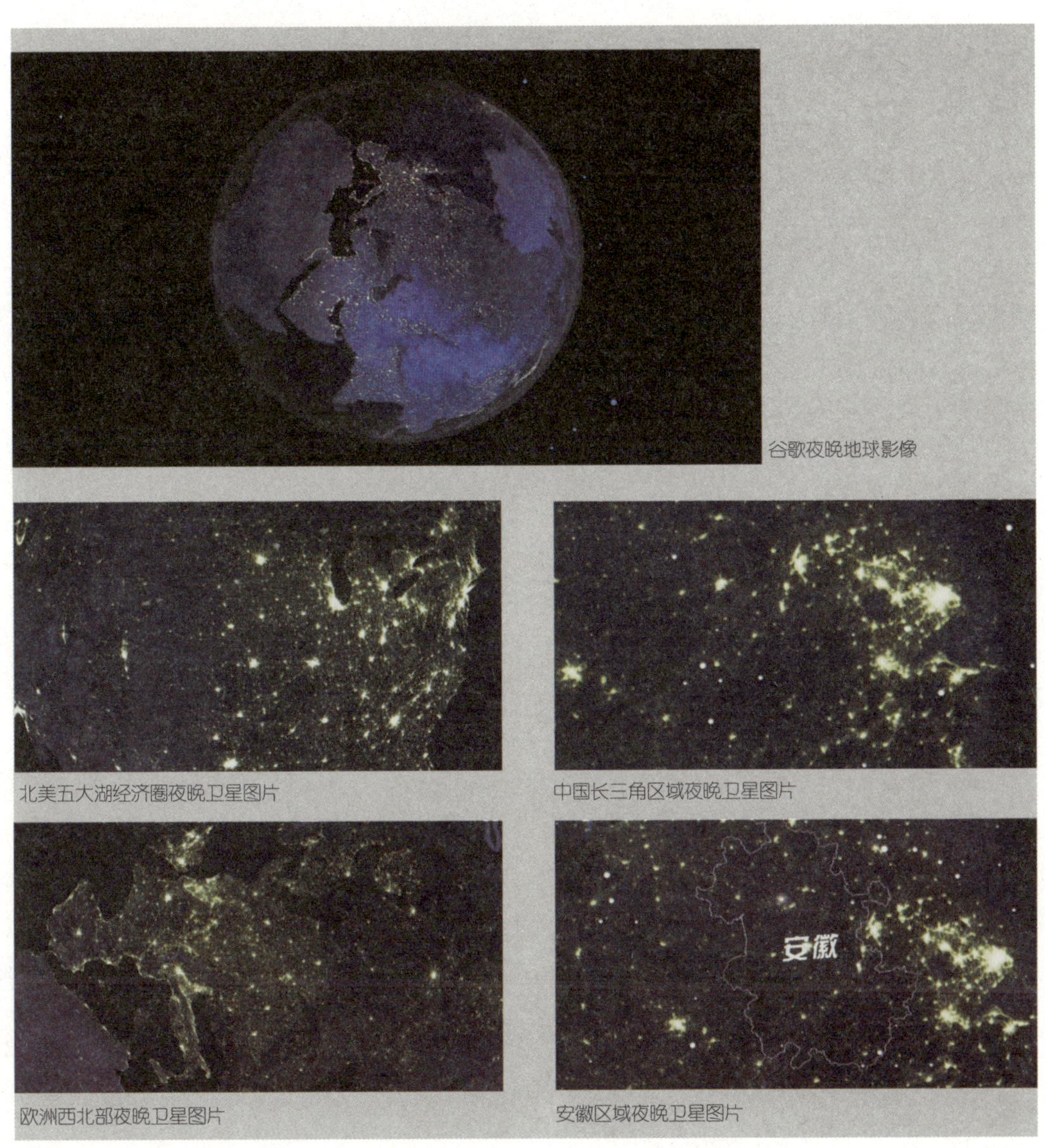

谷歌夜晚地球影像

北美五大湖经济圈夜晚卫星图片

中国长三角区域夜晚卫星图片

欧洲西北部夜晚卫星图片

安徽区域夜晚卫星图片

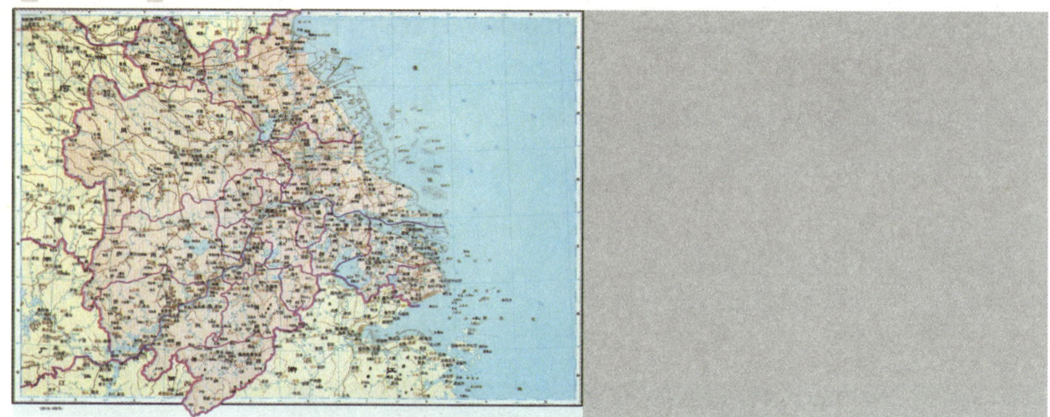

明南直隶省地图

随着明朝的灭亡，清朝的建立，中国的国家疆土、行政区域，都发生了根本性的变化。公元1645年，清朝的顺治二年，清政府改南直隶省为江南省。

名字虽然不是那个名字，但地方还是那个地方。无论是明朝的南直隶省，还是清朝的江南省。都是当时中国最富裕的省份之一。清初，江南省地居藩首，地域广阔，为清初“内十五省”之一。江南区域地跨长江天堑，战略地位显要，因此更是清廷着力经营的重点省份。据史料记载，清初时，江南一省的赋税就占全国的三分之一；粮食占全国近80%。每期科考，江南一省的上榜人数就占了全国的近一半。坊间流传：天下英才，半数出江南。

两江赋银漕运比例表

年代	类别	江南		江西	两江合计	全国统计	两江占全国比例
		江苏	安徽				
康熙二四年(1685)	田土（顷）	675154	354274	451611	1481039	6078430	24.36%
	田赋银（两）	3680192	1441325	1743245	6864762	24449724	28.08%
	粮（石）	米2359810 麦521 豆5239	166427	925423	3457420	4331131	79.83%
乾隆十八年(1753)	漕粮（石）	1237884	425861	503353	2167098	3430459	63.17%
嘉庆二五年(1820)	田地（顷）	648747	332027	462406	1492542	779321984	19.15%
	额征地丁银	3143275	1600257	1707607	6708762	30228897	22.19%
	杂项银（两）	10971	28380				

江南省漕粮税赋图表　根据南京中国近代史遗址博物馆提供复制

清朝初期，入关不久的清政权尚未完全统一，顺治皇帝忧心忡忡，东南有朱氏南明，西南有三藩割据，清朝皇室内部也矛盾尖锐，斗争不断。

江南贡院　现位于南京夫子庙内

作为清廷主要的财源和人才库之一的江南省，是清初抗清力量最活跃的地区，它的稳定和安全显得更加重要。因此，顺治皇帝决定将江南省分而治之，他的考虑是，一来这样便于更强有力的管理，二来可以预防地方势力利用富裕的江南省做大做强而危及朝廷。

江苏巡抚衙门　现位于苏州市书院巷

公元1661年（清顺治十八年），清朝中央政府把江南省一分为二。江南右布政使司驻地苏州，江南左布政使司驻地南京。

布政使在清朝是主管民政和财政的官员。公元1667年（康熙六年），清政府改江南右布政使为江苏布政使，江南左布政使为安徽布政使。史学界通常把这一年看作是安徽建省的元

江南左布政使司衙门　现位于南京市夫子庙瞻园路

长江边安庆振风塔

安徽布政使司衙门　位于安庆市龙门口街司下坡

年。雄才大略的康熙皇帝，吸取历朝的治政经验，为防止地方割据，势力做大，因此对江苏安徽两省实施跨江、跨淮而治，杜绝以邻为壑。在经济上进行贫富调剂，南北相融。在交通上，借助上下游之间的沟通，实现大一统。

1760年(清乾隆二十五年)，江南右布政使司（江苏布政使）迁至南京，为江苏省省会。江南左布政使司（安徽布政使）迁至安庆，为安徽省省会。在此之前，清政府的安徽巡抚和安徽按察使已经移驻安庆，安徽布政使司进驻安庆后，安庆正式成为安徽的政治、军事、经济、文化中心。

安庆本地人号称安庆有九头十三坡，其中有一坡名叫司下坡，它就是因位于安徽布政使司正下方而得名。

江苏省的名号，取自江宁、苏州二府的首字。安徽省的得名，也取自二府的首字：安庆和徽州。在农耕时代的明清两朝，江苏和安徽一样疆域相等，地广粮丰，在以粮食为主要GDP指标的时代，粮多就意味着赋税多、钱多、兵多。那时所谓的钱粮，就是指的这种状况。

清朝早期和中期，依然处于相对落后的农耕社会。从政府的防御体系上看，也是以庞大的旧式陆军为主的，安徽作为一个产粮的大省，能提供丰富的粮食，供给国防军队和行政官僚系统。因此，安徽的农业大省地位，不容动摇。

然而，随着时代的更替，到了近代中国，一系列大事的发生，打破了农耕社会稳定而落后的经济结构。尤其是在近现代工业文明的叩门声中，安徽和江苏做出了不同的回应，这一对由同一个细胞裂变出来的兄弟，分别走上了不同的发展道路。

19世纪中叶，清政府面对列强的坚船利炮，割地赔款，并被迫实施对外开放。在西风东渐的时代，一批有识之士，逐渐开始学习西方的先进科技，力图改变中国落后的面貌。

薛福成（1838—1894）

在江苏省无锡市，有一个名叫薛福成的人，他的名字在无锡城内几乎无人不晓。

薛福成，字叔耘。自幼广览博学，轻视八股。1865年，薛福成投入曾国藩幕府，颇得曾的器重。在曾去世后，受合肥人李鸿章的邀请，他被聘为李的高级幕僚。在淮系集团，薛福成并没有成为封疆大吏、马上将军，地位也不算显著。但是他在洋务方面的真知见识，却为整个朝野所钦佩。

薛福成故居　位于无锡市崇安区健康路

欧洲各国城市

1888年，薛福成由湖南按察使任上，擢升清政府驻英法意比大使。在出使四国期间，薛福成走访了欧洲许多国家，考察欧洲的工业发展。在考察期间，他详细地研究了欧洲的政治、军事、教育、法律、财经等制度，开阔了视野，他的思想也日益改变。薛福成认为，西方富强已百倍于中国，中国应不懈地师法西方，建立“纠众智以为智、众能以为能、众财以为财”的私人公司，并具体提出了“求新法以致富强”、“选贤能以任庶事”、“造机器以便制造”等二十一条“养民最要之新法”。薛福成将他在欧洲四年所闻所思详尽地作了日记，编成《出使四国日记》。

薛南溟引进的缫丝机

如果说记日记还是理论务虚的话，那么薛福成的儿子薛南溟和孙子薛寿萱从欧洲把先进的丝绸织造设备引到家乡无锡，这一行动算得上是实实在在的务实之举。先进的机器设备带来了先进的生产力和生产关系，无锡周边的缫丝业、丝织业等，开始步入了现代意义上的工业轨道。无锡由一个既不沿江也不临海，没有江海港口的内陆城市，变成了“小上海”。

张謇纪念馆　现位于江苏省海门市常乐镇状元街

张謇（1853—1926）

在无锡，有一大批投身实业的企业家，改变着家乡的面貌，并且影响着周边地区。薛福成的儿子薛南溟和他的孙子薛寿萱被称为中国的丝业大王；荣家的荣宗敬、荣德生兄弟被称为中国的粉纱大王（面粉和棉纱），还有唐氏家族、杨氏家族，都是非常著名的实业家族。

与无锡一江之隔的南通，也出了一位旷世奇才，他就是清光绪年间的状元张謇。

张謇，字季直，号啬庵。与薛福成极为相似的是，张謇同样做过淮军的幕僚，从淮系吴长庆的幕僚，做到了状元，再到帝党中坚，一身三变的张謇是个坚决的主战派。然而，1894年中日甲午战争失败，极大地刺激了张謇，目睹国运衰败，张謇决心以实业救国。在他的家乡南通，张謇先后兴办了纱厂、铁厂、电厂以及火车等现代化工业。

“一个人办一县事，要有一省的眼光；办一省事，要有一国之眼光；办一国事，要有世界的眼光”。不谋全局者，不足谋一域，张謇的理念决定了他事业的规模。他一生创办了200多个企业和370多所学校，为我国近代民族工业的兴起，为教育事业的发展作出了宝贵贡献，被称为“状元实业家”。毛泽东在谈到中国民族工业时曾说：“轻工业不能忘记海门的张謇。”

据南通县图志记载，1920年，南通县唐闸人口已接近5万人，通扬运河两岸，工厂林立商业繁荣。有人看到过当年国外发行的世界地图，中国许多大城市都没有标出，却在南通方位赫然印着“唐家闸”三个字。一个弹丸小镇，因为一个叫张謇的人进入了世界的视野。

当时国外所有到中国来的参观团体，都要到南通来拜访张謇。参观张謇的大半生的事业，他是一个中国走向现代化的名片。

近代中国有两个非常著名的模范县：一个是南通，一个是无锡。显而易见，两地先进的企业家们为当地经济发展做出了不可磨灭的贡献。

1901-1926年张謇创办和参与创办实业一览表

分类	内容
棉纺织丝织绣织	1. 大生淞厂
棉纺织丝织绣织	2. 新农纱厂
棉纺织丝织绣织	3. 染织考工所
棉纺织丝织绣织	4. 苏棉企业股份有限公司
棉纺织丝织绣织	5. 大生苏工染厂
棉纺织丝织绣织	6. 中国纺织机器制造特种股份公司
棉纺织丝织绣织	7. 南通绣品公司
棉纺织丝织绣织	8. 通州大生纱厂（大生一厂）
棉纺织丝织绣织	9. 崇明大生纱厂（大生二厂）
棉纺织丝织绣织	10. 海门大生第三纺织厂（大生三厂）
棉纺织丝织绣织	11. 大生第八纺织股份有限公司（大生第一纺织公司副厂）
棉纺织丝织绣织	12. 大生织物公司
棉纺织丝织绣织	13. 纽约南通纺织分局
棉纺织丝织绣织	14. 阜生蚕桑染织公司
棉纺织丝织绣织	15. 南通绣织总局
棉纺织丝织绣织	16. 上海南通绣品公司
民用制造	1. 大陆制铁公司
民用制造	2. 海州赣丰机器饼油公司
民用制造	3. 颐生罐诘公司
民用制造	4. 通州大兴机器磨面厂（后改为复兴面粉厂）
民用制造	5. 大隆皂厂
民用制造	6. 大昌纸厂
民用制造	7. 通城纸厂
民用制造	8. 徐州耀徐玻璃公司（宿迁玻璃厂）
民用制造	9. 镇江开成铅笔厂（开成笔铅罐厂）
民用制造	10. 中心制药厂股份有限公司
民用制造	11. 民享企业公司
民用制造	12. 景德镇江西瓷业公司
民用制造	13. 青龙岗大仓结绳厂
民用制造	14. 翰墨林印书股份有限公司
民用制造	15. 通燧火柴公司
民用制造	16. 天生港大山砂石公司
民用制造	17. 大润灰厂
机械铸造	1. 通州资生冶厂股份有限公司
机械铸造	2. ①资生冶厂
机械铸造	3. ②资生冶厂
食品加工	1. 颐生酿造公司（颐生酒厂）
食品加工	2. 广生油厂
食品加工	3. 通州大兴机器磨面厂（复兴机器面粉有限公司）
食品加工	4. 大达公电机碾米公司
食品加工	5. 马玉山糖果饼干公司南通分公司
交通运输	1. 大生轮船公司、
交通运输	2. 大达通靖码头
交通运输	3. 海门大达轮步公司
交通运输	4. 天生港大达码头
交通运输	5. 上海十六铺大达码头
交通运输	6. 大中通运公行
交通运输	7. 通州泽生外港水利公司
交通运输	8. 南通县通海通航业转运有限公司
交通运输	9. 南通城区公路（港闸、城闸、城山、城港路）
交通运输	10. 南通主城区至各县公路及支路公路网
交通运输	11. 苏省铁路公司（上海）
交通运输	12. 沪杭路、津浦路隔各一段
交通运输	13. 中国铁路股份有限公司
交通运输	14. 中比航业贸易公司
交通运输	15. 左海实业公司
交通运输	16. 中国海外航业公司
交通运输	17. 外江三轮公司
交通运输	18. 达通航业转运公司
交通运输	19. 天生港大达轮步公司
交通运输	20. 上海大达轮步公司（大达轮船公司）
交通运输	21. 通海汽车公司
交通运输	22. 南通公共汽车公司
交通运输	23. 大生内河轮船股份有限公司
交通运输	24. 地方路工处
金融商贸	1. 大生公司
金融商贸	2. 大维公司
金融商贸	3. 大同钱庄
金融商贸	4. 懋生房地产公司
金融商贸	5. 上海闸北房地产公司
金融商贸	6. 上海南通房产公司
金融商贸	7. 南通大有房地股份有限公司
金融商贸	8. 新通贸易股份有限公司
金融商贸	9. 南通县地方公债事务处
金融商贸	10. 南通实业银行
金融商贸	11. 通海实业公司
金融商贸	12. 兴通信托股份有限公司
金融商贸	13. 兴通号股份有限公司
金融商贸	14. 南生行
金融商贸	15. 江苏实业股份有限公司
金融商贸	16. 江苏产物保险有限公司
金融商贸	17. 怡大产物保险公司
金融商贸	18. 南通中国银行
金融商贸	19. 中国交通银行
金融商贸	20. 上海市工厂员工消费合作社联合会
金融商贸	21. 商务总会大厦
金融商贸	22. 遂生堂药店
金融商贸	23. 延生堂药房
金融商贸	24. 沁生冰房
金融商贸	25. 淮海实业银行
金融商贸	26. 南通上海银行
金融商贸	27. 南通江苏银行
金融商贸	28. 南通交通银行
金融商贸	29. 大生沪事务所
金融商贸	30. 通崇海泰总商会
金融商贸	31. 商品陈列所
金融商贸	32. 城南新市场
金融商贸	33. 南通交易所
金融商贸	34. 大生各厂海门分销所
金融商贸	35. 大生二厂及三厂分销所
金融商贸	36. 南通有斐旅馆
金融商贸	37. 永朝夕馆
金融商贸	38. 桃之华旅馆
金融商贸	39. 崇海旅舍
金融商贸	40. 南通旅社
金融商贸	41. 南通俱乐部宾馆
金融商贸	42. 二吾照像馆
电力通信	1. 南通通明电气公司
电力通信	2. 大生第一纺织公司电厂
电力通信	3. 天生港电厂
电力通信	4. 大聪电话公司
电力通信	5. 皋明电厂
电力通信	6. 镇江大照明电灯厂
电力通信	7. 大隆电厂
仓储	1. 惠通公栈
仓储	2. 南通大储推栈打包公司
仓储	3. 上海大储推栈股份有限公司
仓储	4. 大咸盐栈
仓储	5. 兴通打包厂
仓储	6. 南通大储推栈
仓储	7. 南通大储三栈
仓储	8. 南通大储四栈
仓储	9. 南通大储七栈
渔业	1. 吕四渔业公司
渔业	2. 江浙渔业公司

张謇创办企业一览（根据张謇博物馆提供复制）

张之洞（1837—1909）

南京下关火车站碑　现位于南京市下关区龙江路

在苏南地区，正是有了一大批像薛南溟、张謇这样致力于工业的人，承托起了农耕时代的江苏走向工业文明时代的责任。

老沪宁铁路

1894年，薛福成去世，在他死去的三年后，光绪二十三年（1897年），两江总督张之洞建议清政府修建吴淞至江宁的铁路，也就是今天上海到南京的铁路。

1898年，英国政府以“最惠国待遇”为由，向清政府索办沪宁铁路。铁路总公司督办盛宣怀与英商怡和洋行签订《沪宁铁路借款草合同》，准许英商出资承办沪宁铁路。

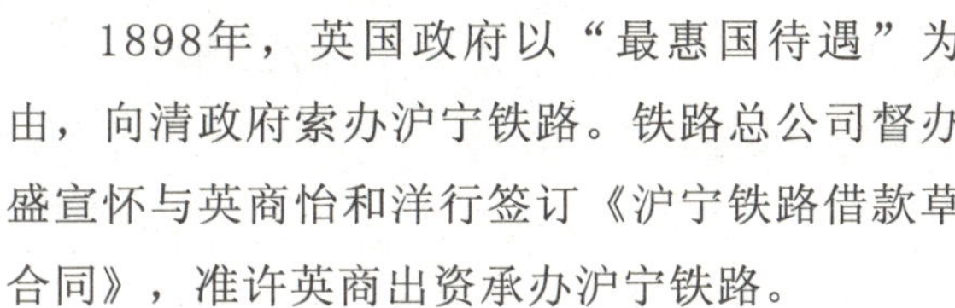

浦口车站

1905年4月25日，沪宁铁路分上海—苏州、苏州—常州、常州—镇江、镇江—南京四段同时开工。

经过三年工程后，沪宁铁路于1908年（光绪三十四年）4月1日全线通车，当时线路全长311公里，由上海北站至南京下关站，沿途共设车站37个。

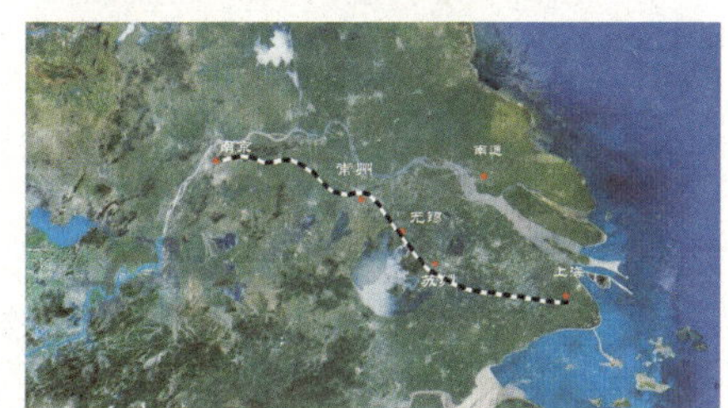

沪宁铁路示意图

复旦大学图书馆收藏的1908年4月3日的《申报》是这样报道“沪宁铁路开车典礼”的：“沪宁铁路告竣，定于三月初一日（阳历4月1日）开车。全路通行镇道刘观察亲至京岭下总车站举行开车典礼式。中西官绅到者甚多，颇极一时之盛。”

南京火车站　动车

上海外滩夜景

当时上海到南京的火车需要10个小时。今天沪宁之间的高速列车已如城市公交般密集，沪宁城际之间高铁的运行时间最快不用两个小时。而在清朝末年，10个小时的旅途，已经大大缩短了两地时空的距离。1912年1月1日上午10时，孙中山乘沪宁铁路专用花车起程离沪，到南京就任中华民国临时大总统。中途一站不停，也花费7个小时的行程，下午5时，专列才抵南京下关车站。

就是这么一条现在看起来颇为寒酸的单线铁路，搭建起了沪宁之间上海、苏州、无锡、镇江、南京等沿途城市的工业、商业、金融业等现代产业互相渗透的平台，铁路的通畅，迅速地繁荣了沿线城市贸易。

20世纪中期，经过第一轮工业化洗礼的江苏省，丝织、纺织、面粉、采煤等近代工业，在无锡、南通、苏州、常州、徐州等地陆续兴起，原本就是鱼米之乡的江苏，有了工业血液的滋养，再得益沪宁铁路的畅通，便愈发强壮起来，一举使江苏在经济格局上产生重大改变。

江苏一大批具有现代意识的商人、实业家、企业家穿梭全国，甚至沟通世界，率先建设起了具有桥头堡功能的中国经济前沿。显而易见，江苏的经济、社会发展，此后在中国一直名列前茅。江苏的近邻上海，也已经成为远东地区的大城市。辐射力完全能够照应到江苏。在20世纪初年，江苏就已经形成了宁镇扬、苏锡常两个城市群。进入21世纪，由这两大城市群和上海、浙江一起，又衍生成中国最具经济活力的长三角经济圈。

那么在同样的历史背景，同样的政治环境下，安徽的经济发展呈现的是一个什么样的状况呢？

晚清军政重臣，洋务派领袖李鸿章，生于安徽合肥，死后归葬故里。

李鸿章故居，位于合肥市淮河路步行街的中段。故居面南背北，两扇高大厚实的朱漆大门和门前一对威武的石狮，如今，它们平静地面对着日夜川流不息的人群。

清道光二十三年（1843年），20岁的李鸿章在庐州府学被选为优贡。时任京官的李鸿章之父李文安望子成龙，函催李鸿章入京，准备来年顺天府的乡试。李鸿章遵父命北上，临行前作《入都》诗10首，抒发胸怀。其中有一首这样写道：“丈夫只手把吴钩，意气高于百尺楼。一万年来谁著史，三千里外欲封侯。”

李鸿章（1823-1901）

这位被毛泽东称为“水浅而舟大”的合肥李氏，二十年后果然拜相封侯，成为晚清股肱之臣。李鸿章一生纵横捭阖，兴办洋务。然而从他的生平年谱，却可以看到这样一个特点：他所办置的机器局、招商局、煤矿局、电报局等现代工业化的雏形，竟没有一家落户在他的故乡。安徽境内，仅仅在皖南设立了为数不多的矿山。而他留给合肥的是大片的宅地和朝廷敕建的享堂。

李府　现位于合肥市淮河路步行街

这是李鸿章对家乡的不屑？ 还是家乡承受不起现代文明之重呢？

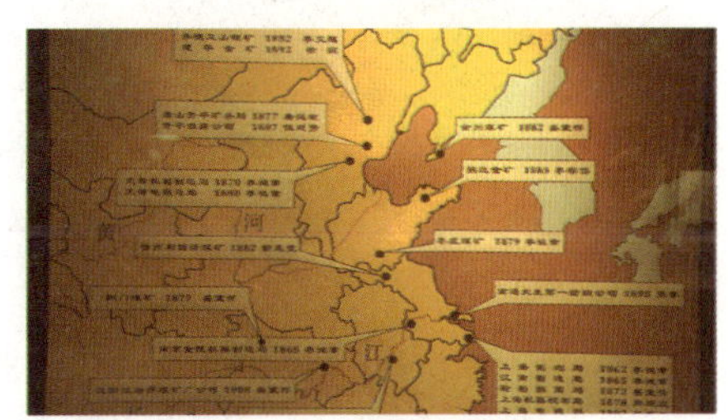
李鸿章创办工业图表　由合肥市李府提供

明清时的长江中下游，是中国商品经济最发达的地方，具备有较好的区域位置和交通条件。在鸦片战争以后，江浙沪地区逐渐成为全国的经济中心。无论是工业交通，还是金融贸

合肥李府内陈设

合肥李府福寿堂

易，都深刻地影响着中国近代化的进程。尤其作为清朝中央政府的财税之源，李鸿章把他的经济活动放在了上海江苏一带。而合肥当时不过是一个江淮小邑，在执政者眼里，它更重要的是军事上的战略缓冲价值，以及退隐庙堂之后的韬光养晦之地。

李鸿章被称为洋务派首领，而他办洋务的初始动机是办军工企业，造出枪炮、弹药、机器、舰船和水雷，主要用来对付太平军和捻军。军工企业的产品直接改善了淮军的武器装备，使淮军成为清军中装备精良、战斗力较强的军事力量，后期淮军实际上成了国防军。

在与列强的交往中李鸿章意识到富国才能强兵，他积极推进官办、商办军工企业的发展，为的还是军队的强大。这与张謇、薛福成等实业家为富国强民兴办民生工业，走现代企业之路，有着显著的区别。

李府福寿堂

合肥李府俯瞰

淮军的将领大都没有科举功名，仅李鸿章和刘秉璋两个进士，官拜两广总督的李鸿章大哥李瀚章，也不过是赐进士出身。淮系集团需要洋枪洋炮洋教习，更需要金榜题名，状元及第，以在庙堂之上跻身主流。因此经世致用，读书做官为本位的封建科举文化，迟滞了合肥实业兴邦的脚步，曾国藩曾经评价李鸿章：少荃拼命做官。由此可见，官本位文化在李鸿章的眼里位置之重。发展近代工业不可避免地要触及封建统治秩序的诸多方面，而封建制度极不利于近代工业的发展。它禁锢了人们的思想，束缚了民众对近代工业的热情，人们安于现状，不喜变革。从而使近代合肥工业的发展变得尤为艰难。

落后的观念和氛围，使合肥虽名人辈出，但墙里开花墙外香。在家乡合肥兴办实业，与士子乡绅们经世为用、读书做官的理想实在是背道而驰。以李鸿章为代表的洋务派，把近代化的军工业基本放在了具备现代工业基础的沿海地区。虽然是大势所趋，但同时，封建文化与现代工业并存的悖论，在淮系集团中表现得尤为明显。归根结底，不过还是中学为体，西学为用，师夷之技以制夷这些思想。

当然，我们无法也不能够把责任全推给这位中堂大人，但是和江苏相比，现实的情况是，以淮军摇篮著称的合肥，或者更确切地说，是淮军的大家乡安徽，有意无意地错过了这一段有利发展现代工业的时机。

如果以无锡为圆心，以150公里为半径画一个圆，基本涵盖了长三角地区工业化程度发达的城市。那么，在同一个时代，以合肥为圆心，以150公里为半径，画出的圆，又是一个什么样的情形呢？

皖北的蚌埠，是淮河流域一个重要的物资集散地，有“淮上珠城”之称。津浦铁路自北向南穿越蚌埠。

初解放时，蚌埠市区只有5平方公里。道路不平，电灯不明，市政建设几乎没有。市内的宝兴、信丰两家面粉厂是蚌埠市最像样的工厂，面粉厂的烟囱刚冒出屋顶。除此之外，蚌埠市再也找不到一个工业烟囱了。其他的家当是几家木机织布厂、十几家手工卷烟厂和260多个手工作坊，从事简单的农产品加工。

再看南面的江城芜湖，解放初期，全城只有一家裕中纱厂、一家明远电灯公司、一家处于半停产状态的美隆面粉厂，被称作“两个半烟囱”的工业。

和芜湖沿江西望的安庆，同样只是各种政治力量眼中的战略角逐地。虽然近代工业起步较早，发展却非常缓慢。曾国藩在安庆创办了现代的工业企业安庆军械所，三年后就搬到了南京。直到1890年止，官僚买办兴办的大小19个军火工厂，无一在安庆。民用工业寥寥无几，民族资本家在安庆的投资也十分微弱，所创办的也大多是些规模很小、投资很少的轻工业。

至安庆解放，几乎没有一家大型工业企业。全市仅有3个规模很小、设备简陋的食品加工企业，以及一些私营磨房的个体手工业户。

到20世纪40年代末，安徽民族工业企业只有80多家，资本约113万多元，仅略高于青海、宁夏、绥远，更谈不上和曾经的同胞兄弟江苏相比了。

清朝晚期，与得风气之先的江苏省相比，安徽的科举文化、农业文化更为稳定。作为安徽来说，一是清政府对它做出了以农为本的定位；另一个是作为科举和农业文化本身的性质，就决定了它不太可能产生现代工业。

蚌埠老照片

安庆老照片

从瓦特发明蒸汽机开始，工业化在西方已经走过了300多年的路程，发达国家的经验告诉我们，只有发达的工业才能强国。使一个区域的经济充满活力，人民富裕，必然要走工业化的道路，只有在现代工业的推动下，才能催生出相应的城市群。经济的进步绕不过这两个命题。显然，江苏的发展的成功经验已经给我们带来了现实的启示。

芜湖老照片

晚清时的安徽曾经出过一个著名的红顶商人，胡雪岩。胡雪岩名光墉（1823—1885），徽州绩溪人，因在杭州经商，寄居杭州，幼名顺官，字雪岩。胡雪岩从一个学徒开始，凭借机敏和胆大，逐步走上成功的经商之路。起初他在杭州设银号，后入浙江巡抚幕，为清军筹运饷械，1866年协助左宗棠创办福州船政局，在左宗棠调任陕甘总督后，主持上海采运局局务，为左大借外债，筹供军饷和订购军火，又依仗湘军权势，在各省设立阜康银号20余处，并经营中药、丝茶业务，操纵江浙商业，资金最高达两千万两以上，是当时的“中国首富”。胡雪岩在商场驰骋多年，靠官府后台，一步步走向事业的顶峰，风光无限，但他最终的失败，却也是由官场后台的坍倒和官场的倾轧所致。和江苏薛福成、张謇这样的民族企业家相比，胡雪岩这样的徽商，更看重的是在流通领域凭借人脉闪转腾挪，为自己谋取更大的利益。而对于建工厂、办实业，带动一方经济，富强桑梓人民，徽商们并没有太多的兴趣。

胡雪岩（1823—1885）

为什么安徽出不了像薛南溟、荣德生、张謇这样的人物呢？《被遗忘的局部》一书的作者，南京大学历史系马俊亚教授认为，张謇、

徽州建筑

荣德生处在甲午战后的年代，他们怀抱的是实业救国的理念。而安徽商人，成功的核心是要跟官府搞好关系，这样才能保证他们能够有垄断经营，保证他们的垄断利润。所以他们对地方经济的发展，没有表现出任何的兴趣。当然，他们也做了很多慈善的事业，但是没办法和张謇、荣德生他们相比。

中国的历史上尽管也流传着“无徽不成镇”的民谚，尽管也曾经出现过胡雪岩、李鸿章等这样名噪天下的人物，但现实的表述是，300多年来，安徽，始终以一个农业大省的身份，没有摆脱欠发达地区的阴影。宣纸歙砚、青砖黛瓦和马头墙，仅仅成为了安徽聊以自慰的文化符号象征。

在现代工业文明竞争中，安徽被远远地拉了下来。

强省之梦，敢问路在何方？

安徽会馆　现位于苏州市南显子巷

求索之路

1885年，中法战争爆发。清政府任命抗法有功的原福建巡抚，合肥大潜山人刘铭传为第一任台湾巡抚。

刘铭传纪念馆内题字

刘铭传在任台湾六年（1885—1890），对台湾的国防、行政、财政、生产、交通、教育，进行了广泛而大胆的改革，全面推进台湾的近代化进程，使台湾的面貌焕然一新。1891年，刘铭传告病辞官，返回故乡合肥，1896

刘铭传纪念馆外景

刘铭传（1836—1896）

刘老圩外景

刘铭传墓碑

姚鼐

四府示意地图

安庆长江对面振风塔

李鸿章

年，刘铭传病逝于故乡。作为淮系集团的骨干成员，刘铭传无疑是最值得大书一笔的人物。

清朝中后期，安徽先后有两支重要的力量活跃在历史舞台上，以合肥人李鸿章为代表的武装政治集团淮军和以桐城人姚鼐为代表的文学流派桐城派。他们一文一武，都对近代中国产生了深远的影响。巧合的是，身为两派的领袖，李鸿章和姚鼐都没有为自己的故乡作为省城而鼓呼使劲。

安徽建省后，清廷曾经为安徽的省会定在哪里合适而喋喋不休。当时可考虑的省会城址有四个城市，但各有利弊。交通比较发达的太平府城，就是今天的马鞍山市当涂县，距江苏省首府江宁太近，且城市规模狭小，没有什么发展前途。当时的政治中心安庆府城，交通较为发达，城池周边山地河湖纵横，并控有长江天险，但城市规模也不够理想。庐州府城，即今天的合肥，虽居皖省腹地，但交通相对闭塞，城市规模同样乏善可陈。徽州府城，即今天的歙县，虽然是当时经济中心，但因偏于皖南山区一隅，更不适合作为政治中心。其余各府州，则完全不具备条件。

在综合考量之后，清政府最终确定了安庆府，作为安徽省的政治中心。

程长庚纪念馆　现位于潜山县梅城镇皖光苑路

1760年，距合肥180公里的安庆，就这么被定为了安徽的省会。

安庆，古称宜城，是个典型的沿江城市。只不过，它的主城区是在江北。尽管在经济上无法和南京相比，但是，从文化符号的意义上说，安庆的确有值得一书的地方。

200多年前，程长庚率领徽班从安庆的辖县潜山进京，成为京剧的鼻祖。

同样是安庆的辖县桐城，桐城派的文章在清朝文坛引领风骚。甚至连曾国藩自称桐城派弟子。然而有趣的是，桐城派的鼻祖姚鼐，却没有赞成把省会放在他的故乡。乾隆三十八年（1773），清廷开四库全书馆，姚鼐被荐入馆，充任纂修官编修《四库全书》。全书编成后，姚鼐归乡修养，从此不再仕途。自乾隆四十二年起，还乡后的姚鼐，先后主讲扬州梅花书院、安庆敬敷书院、歙县紫阳书院、南京钟山书院，致

姚鼐（1731—1815）

安庆敬敷书院　现位于安庆师范学院内

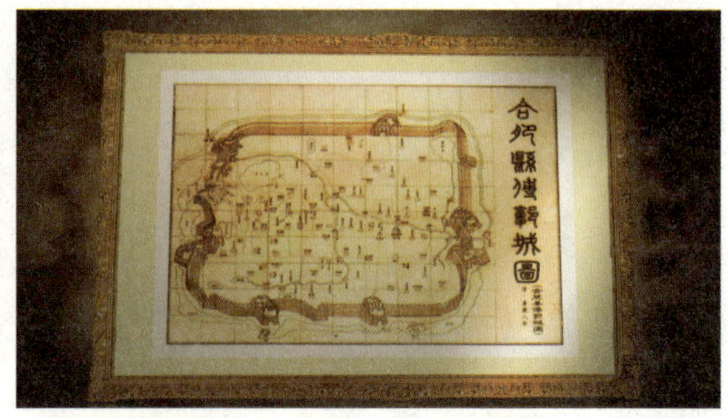
原合肥县示意图

力于教书育人。长期奔走于苏皖两地。姚鼐对江苏的首府江宁（南京）和安徽的首府安庆两地做了大体的考校，姚鼐认为：江宁（南京）龙盘虎踞，腹地辽阔；交通便捷，富甲江南。而安庆背山临江，周边湖泽纵横，但城池逼仄，发展空间相对有限。倚临长江，虽有舟楫之便，但沟通安徽南北却颇为费事。

环顾省内，姚鼐觉得庐州府，是理想的省城之选。庐州位于安徽省的中部，周边地势低平，又有辽阔的巢湖平原为依托，号称淮右襟喉，江南唇齿，东西自古为吴头楚尾，南北有淝水通江达淮。

1802年，《庐州府志》修成，庐州知府张祥云请时在安庆的姚鼐作序，姚鼐在序文中写道：庐州，地势宽平，原隰雄厚，控扼南北，要言之，安徽大府建牙（衙门），未有宜于合肥者也。

200年前，姚鼐对合肥的青睐有加，在今天的后人看来，算不算是具有前瞻的战略眼光呢？

巢湖的两边，是由秦汉驰道到明清驿道相延续的两条沟通南北的交通要道：广东官道和福建官道，一由芜湖南下皖南去福建，一由安庆出九江下广东。合肥控扼其中，所以战略地位十分重要。

铁匠铺　　居民小区　　前大街（现长江路）

合肥旧照片

曾希圣（1904—1960）

历史的选择，往往是前人无法预知的结果。

1949年新中国成立，1952年，皖南皖北行署合并成立安徽省，正式定省会为合肥。

然而，当时的合肥，人口不过五万，方圆不过五平方公里，一穷二白。合肥全城没有一家现代意义上的工业，叮叮当当的铁匠铺和十几台烧木炭的汽车，就是当年合肥工业的全部家当。

抛开工业不说，作为省会合肥的交通，就尴尬不已。南淝河航道淤塞，途经合肥的淮南铁路走走停停。和有着“舟楫之便、四大米市”之称的江南城市芜湖同比，合肥相形见拙。

时任中共安徽省委第一任书记的，是长期在安徽坚持武装斗争的新四军七师政委曾希圣。这个带着眼镜的湖南人，目光长远、行事果断。

面对着从战争废墟中重生的新安徽，曾希圣和他的战友们担当起了振兴安徽经济，并逐步使之走向现代化的重任。

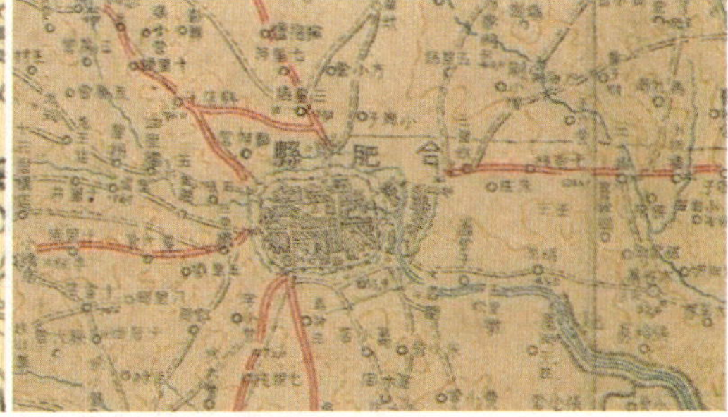

合肥1949年图

马如月（原安纺总厂副厂长，筹建安纺的建设者之一）

安纺车间

凤凰涅槃，百废待兴。振兴安徽从哪里开始呢？

以曾希圣为首的安徽建设者，把目光定在了脚下的这座古城。

1952年，安徽省提出：要变消费型城市为生产型城市。实现这个目标，必须首先发展工业。在曾希圣的领导下，安徽大地上开展了卓有成效的工业建设。1953年9月，中共中央公布了过渡时期总路线。从此，国家开始对资本主义工商业进行社会主义改造。1953年毛泽东主席在北京召开政治协商会议，当时上海代表有荣毅仁等，他们都是上海企业家，也都受邀到北京开会。毛主席跟他们讲，你们能不能在内地也建纺织厂，既支援了内地的工业建设，也把安徽广大人民穿衣问题解决了。当时荣毅仁等向毛主席表示，愿意。不久，上海部分企业内迁工作也开始进行了。曾希圣抓住中央支援内地建设的有利时机，积极从上海、无锡等大城市引进先进技术、设备和人才。为安徽薄弱的家底注入了丰厚的本钱。

曾希圣派出时任合肥市委副书记的李广涛等干部，到上海进行了解调查，取得第一手材料，然后即向中共中央、华东局、上海市委正式请求内迁工厂到安徽。他还亲自给华东局、上海市委负责人柯庆施、谭震林、陈丕显等写信，请求支持。上海市尽量满足了安徽的需求，允许安徽采取“对号入座”的方式，缺什么工业，迁什么工厂，设备和人员统统都给。

在上海、无锡等城市的大力支持下，从1954年开始，两年时间里，先后3批从上海等地迁进工厂企业104家，分布在合肥、蚌埠、安庆、芜湖四市。其中有56家钢铁、有色金属工业以及轻纺、化工、机械、电子等规模企业落户在合肥。

这个大手笔的工业引进，深刻地影响着安徽的未来。它使极端落后的安徽工业，特别是合肥的工业，迅速发生了明显的变化。

到60年代初，合肥已初步形成了工业体系的基本框架，勾勒了合肥工业化的雏形。

几十年后的今天，有人说：安徽招商引资第一人，首推曾希圣是不无道理的。

与工业的发展同时，合肥城市的建设也打开了数百年来的僵局。

1953年至1958年，合肥从改造旧城区入手，初步展开了新城建设。开辟了贯穿合肥东西向主干道长江路，兴建了江淮大戏院、安徽省博物馆等文化娱乐设施，于1954年12月建成江淮大戏院，这座解放后合肥兴建的第一座大型剧院，当之无愧成了合肥上个世纪50年代的标志性老建筑。戏院内外一股徽派的建筑风格，古朴淡雅而不失华贵，婉约精致又不失大气，足见当时建筑设计与施工技术的匠心独运。1954年12月30日，农历甲午年十二月初六，为庆祝合肥江淮大戏院落成典礼，严凤英

江淮大戏院

安徽省博物馆

1958年　毛主席视察安徽省博物馆

首演朝鲜古典名剧《春香传》，共演四十场，轰动合肥。1958年4月6日，梅兰芳来合肥江淮大戏院演出霸王别姬，成为当时一大盛事。周恩来、刘少奇、朱德等党和国家领导人曾在江淮大戏院观赏过文艺表演。

1954年8月，建筑面积达11580平方米的安徽省博物馆陈列大楼破土动工，1956年2月工程竣工，同年11月14日安徽省博物馆正式成立。1958年1月周恩来总理首先视察了省博物馆，之后，毛泽东、刘少奇、朱德、邓小平、李先念、叶剑英、陈云、陈毅、彭德怀、聂荣臻、彭真等领导同志先后来馆视察。1958年9月17日，毛泽东主席在视察安徽省博物馆时指示说："一个省的主要城市，都应该有这样的博物馆，人民认识自己的历史和创造的力量是一件很要紧的事"。这一指示为我国博物馆事业的建设与发展指明了正确的方向，从而确立了安徽省博物馆在全国博物馆界独特的历史地位。1961年的11月，时任国务院副总理兼外交部长的陈毅元帅，陪同外国客人游览黄山风景，归途中，视察了安徽省博物馆，经安徽省政府和省文化界的多方邀请，陈毅元帅挥笔写下了："安徽省博物馆　陈毅题"的馆名题字，并在落款处的下角钤盖了"陈毅之印"的印章。安徽省博物馆的艺术家将陈老总的题写馆名放大，并逐字拆开，精心制作成大红字的匾额悬于馆主体大楼前；又将其制成竖行的馆名招牌，挂在博物馆的大门前。陈毅同志题书的馆名，使安徽省博物馆倍添光彩。

50年代初，作为安徽省会的合肥当时没有空中交通。曾希圣请示周恩来总理，要求民航飞机通航。周恩来总理指示中国民航局办理，中国民用航空局上海管理处很快在合肥三里街机场设立了合肥民用航空站，结束了合肥没有民航的历史。依托淠史杭灌区，建造了库容量达1.7亿立方米的董铺水库，不仅为城市防洪起了关键作用，还为合肥提供了丰富的水源；50年代的建设成就，至今仍被合肥人传为佳话。

合肥在建设中前进，安徽省内的其他主要城市蚌埠、安庆、芜湖的建设也没有止步不前。并且同这些兄弟城市相比，合肥的先天不足，稍逊风骚，有关省会是否有必要动

三里街机场　　董铺水库

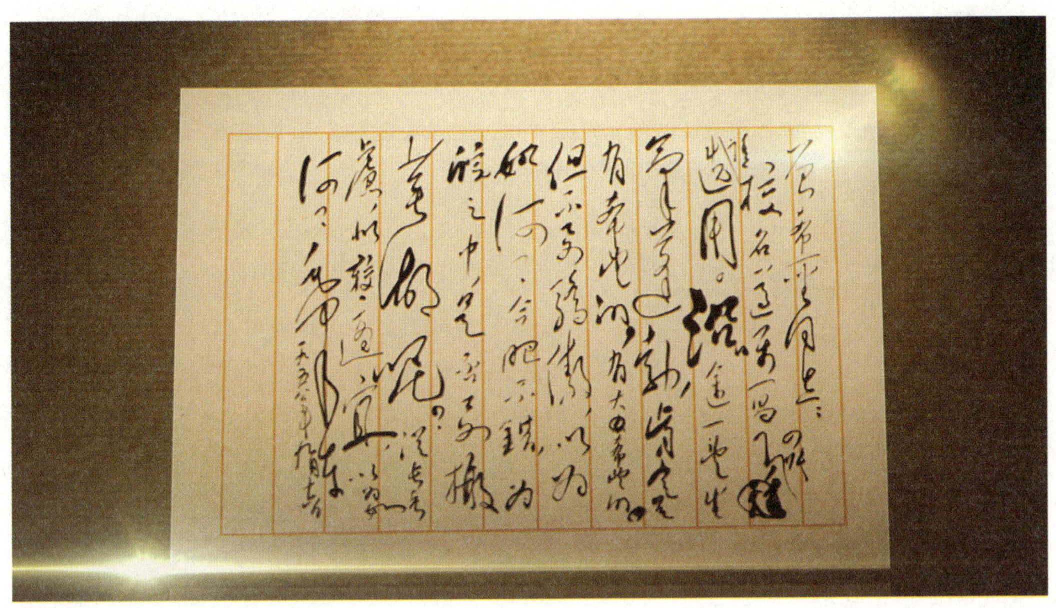

毛主席手书 " 合肥不错，为皖之中 "

迁，这个事关城市未来发展和主要的无形资产归属的问题，开始浮现。

1958年，毛泽东视察安徽。在他从安庆乘汽车来到合肥后，曾希圣请毛泽东为安徽大学提名。毛泽东将题好的校名放在一个信封里，并附上一封信，交给曾希圣。毛泽东在信中说："曾希圣同志，校名遵嘱写了四张，请选用。沿途一望，生气蓬勃，肯定是有希望的，有大希望的。但不要骄傲，以为如何？合肥不错，为皖之中，是否要搬芜湖呢？从长考虑，似较适宜，以为如何？"

"合肥不错，为皖之中"。一句话，点明了合肥的区位优势，定省会于合肥，不论毛泽东是出于未来战争战略考虑，还是基于其他方面的什么原因，这封信一锤定音，终结了安徽省省会是否要迁出合肥的争论。

然而，上个世纪50年代为皖之中的合肥，工业交通科教文化的发展水平，都处于全国省会城市的下游，是安徽不得不承认的事实。很显然，合肥的省会称号要实至名归，的确任重而道远。

正当合肥和全国一样，呈现一片激情燃烧、力争上游的火热建设场面时，被称为"三分天灾，七分人祸"的三年困难时期不期而至，掣住了中国前进的脚步，时隔几年后，文化大革命爆发，各地城市化的进程遭遇停滞，甚至出现了逆城市化的现象。

合肥也未能幸免。

1978年，中国共产党十一届三中全会召开，合肥古城逢春，再次迎来了加速发展建设的好时机。

合肥老工厂照片（安纺布机车间）

1984年的除夕夜，中央电视台春节联欢晚会正在播出，参加晚会演出的两位安徽籍演员引起了合肥人的关注，一个是来自香港的歌星，祖籍安徽郎溪县的奚秀兰，一个是安徽黄梅戏“五朵金花”之一的马兰。

或许是巧合，在这个春天，同样被国人关注的，还有安徽合肥的两个明星，他们一个叫长江路，一个叫金寨路。

以长江路、金寨路改造为标志的合肥市旧城改造，在新中国成立后的城市规划史上，留下了浓墨重彩的一笔。在两路改造以后，1986年，原城乡建设环境保护部在合肥开了一个旧城改造总结大会。在会上总结出了“统一规划、合理布局、综合开发、配套建设”这四句话。这四句话就是合肥旧城改造的经验，后来这四句话又被写入了中国城市规划法。

长江路　金寨路改造（康诗纬提供）

旧城改造，打开了合肥城市建设的短板。合肥的旧城改造开始引起全国各地的广泛关注。

1985年，城隍庙特色小商品市场改造竣工，这个把历史、文化和商业结合起来的特色商业街区，吸引了时任江苏省长的顾秀莲闻讯赶来参观考察。

原建设部部长侯捷曾经这样评价道：“合肥是一个城市建设出典型、出经验、出成果的城市。”1988年合肥市西园新村获联合国人居中心颁发的“利古里亚国际荣誉奖”，90年代的琥珀山庄获建设部“四个单项奖”第一和最

包公祠

高奖“鲁班奖”。合肥独特的风扇形的规划布局，成为全国为数不多的城市三大经典规划模式之一，环城公园的翡翠项链创造“城在园中、园在城中”的园林景观，都曾写入全国高等院校城市规划和建设的专业教材。在城市建设的历史上，合肥的经典作品留下了那个时代的辉煌。

合肥城隍庙市场

1992年合肥被建设部授予首批国家园林城市。历经改革开放十几年的积淀，合肥的城市格局在纵向坐标上有了新的变化。

然而，横向看来，无论是经济体量还是城市知名度，从哪个角度来说，合肥都像一阕婉约派宫吟角转的小令，而合肥更加期待的是裂帛断玉的黄钟大吕之声。

环城公园

1994年，时任安徽省省长的回良玉刚到安徽工作，在充分调查研究合肥城市建设实际情况的基础上，提出要增强省会合肥的辐射力和带动力，对合肥市提出了建设“大、快、美、强”的现代化大城市的要求，1994年合肥开始突破五平方公里“围城”现状，16.7公里的一环路改造启动。1995年春天一座地上三层、地下一层，有着十七个流向的大型互通式立交桥开始在合肥五里墩兴建，这座安徽历史上的第一座大型立交工程，唤起了合肥人的大城市

琥珀山庄

梦，合肥的城市建设者，在这里开创了一个新的时代。半年后，投资达2.6亿元的五里墩立交桥建成通车。

一系列史无前例的建设，拉开了合肥现代化大城市的框架，在随后开展的全市文明创建活动，迅速树立了省会的形象，提升了合肥的知名度，受到了中央文明委的表彰和中央13家新闻单位的连续采访报道。当时朱镕基总理在中央党校省部级领导会议上谈视察合肥后的感觉时说：合肥空气清新、环境优美。

在合肥长高、长大的同时，合肥工业发展的脚步也在加快。

20世纪80年代中期，合肥市工业系统开始大面积小规模引进国外先进技术，改造合肥的落后产业。美菱、荣事达、芳草等一批工业新星破茧而出。1984年5月，合肥成立了安徽省第一家中外合资企业——中国安利人造革有限公司，从此拉开了利用外商投资改造工业企业的序幕。

1991年，合肥工业产值突破百亿大关。

1992年12月，合肥电冰箱总厂率先改制为美菱股份有限公司，并于1993年上市，成为全市第一家上市公司。

1994年，第一台合肥三洋洗衣机下线。

五里飞虹

第一台四星级豪华客车出厂………

就在这一年，安徽省首次在北京举办安徽经济成果展览，美菱、荣事达和芳草、安凯等一批合肥企业的产品轰动了京城。江泽民、乔石分别于24日、25日前往参观，李瑞环等出席开幕式。

合肥在前进，安徽省内其他城市也在以同样的速度跟进。

从第一个五年计划开始，经过代代安徽人的努力，安徽的工业从无到有，从小到大步入初级发展期，逐步建立起自己的门类较为齐全的工业体系。到改革开放时期，安徽工业经济已经形成一定的规模。

如何加快安徽经济的发展，安徽人在“摸着石头过河”中向前探索。进入20世纪90年代，顺应全球经济一体化的浪潮，改革开放的中国也兴起了以建设大城市、大城市群和经济圈为代表的发展现代区域经济的浪潮。安徽省提出三区一中心战略，重点建设两淮经济区、皖江经济带、皖南旅游区和合肥科教中心。合肥被首次列为全省区域经济发展战略的重点，也标志着安徽省经济发展开始由重农向重视工业化、城镇化转变。

1990年中央作出开发开放浦东决定后，安徽省委省政府当即提出了“抢抓机遇、开发皖江、强化自身、呼应浦东、迎接辐射、带动全省”的决策。要求沿江八市在全省率先加快开放步伐。1992年又进一步提出实施一点两线的对外开放战略，即以皖江和合肥、黄山为重点，加快对外开放步伐，推进与上海等沿海发达地区的合作。

美菱冰箱生产线

美菱集团

合肥洗衣机厂

百花洗衣机

中国科技大学

20世纪90年代中期以后，安徽省相继对合肥、皖南、皖北和皖江四大经济区发展进一步做出部署。

1991年，经国务院批准，全国首批，合肥国家级高新技术产业开发区动工建设，1997年合肥高新区被国家批准成为对APEC成员特别开放的工业园区。

1992年，邓小平同志南巡讲话后，国务院批准了合肥市为对外开放城市，实行沿海开放城市政策。

1993年，合肥经济技术开发区成立，1997年被列为中国首批行政管理体制和机构改革试点单位，2000年2月被国务院批准为国家级经济技术区。

1995年安徽省做出了加快合肥现代化大城市建设的重要决策，有力地推动了合肥的经济社会快速发展。1997—1998年度，合肥第一次

中国科技大学　中科院合肥物质研究院

合肥高新区

合肥市奥体中心

合肥市鸟瞰图

被科技部评为全国科教兴市先进城市，由此开创了六连冠。2000年安徽省委省政府做出了抓两山一湖、促全省旅游、带安徽经济的重要决策。2001年又对加快皖北地区发展做了部署。2001年，我国加入世贸组织，安徽省提出进一步加快皖江开发开放。以合肥、芜湖、马鞍山、铜陵组成的经济区，成为全省经济增长最快、带动作用最强、对全省贡献最大的地区。

2001年政务文化新区的建设启动，合肥的城建进入了一个新阶段。2002年3月6日，一件大事的发生，打破了合肥既有的郊区围城的行政格局。从这天起，合肥市行政区划开始作重大调整。按照新的版图，原东市区、中市区、西市区、郊区分别更名为瑶海区、庐阳区、蜀山区、包河区。市区总面积扩大76.37平方公里，达到596.01平方公里，总人口达到142.57万人。

这次区划调整结束了合肥市辖区行政区划自20世纪60年代确定、1985年局部微调后形成的原有郊区围城的格局，城市布局更加科学合理；为合肥市的大发展描绘了更新的蓝图，使合肥具备了更为广阔的空间，城市各种优势将得到充分互补和发挥。而这些，将是合肥实现向大城市跨越式迈进的关

合肥政务文化新区鸟瞰图

武汉

长沙

键，不但符合城市成长规律，更符合合肥地区的长远战略规划。

时任安徽省委书记的郭金龙对合肥寄予厚望：合肥作为省会城市，科教实力较为雄厚，高新技术产业有一定的基础。要集中力量抓好国家级科技创新试点城市，依托高科技，全面提升经济中心地位。

2005年，安徽省对区域发展格局进行了新一轮探索和研究。在中央关于“促进中部崛起”的重要背景下，安徽做出了大力推进东向发展，加速融入长三角的决策。

就在这一时期，也正是全国范围内各大城市和区域经济争先发展的重要时期，环视安徽的周边，河南以郑州为代表的中原城市群，湖北的武汉城市群、湖南的长株潭城市群咄咄崛起。安徽的发展空间将从哪里突出重围呢？

郑州

安徽一直缺乏自己的龙头城市。省内的主要大城市，曾被称作八个兄弟一般高，谁也不服谁。这是长期以来安徽的真实写照。江苏有南京，湖北有武汉，河南有郑州，湖南有长沙，安徽的省会城市合肥知名度低，地位尴尬。

参照发达地区的经验，不难看出，城市群或者说经济圈的崛起，通常是由省会、中心城市带动的。那么，安徽要成为中部地区的增长极，势必要先把省会合肥打造成省内的重要增长极。

因此，提升合肥在全省的经济中心地位，以省会为中心，打破行政区划、地域限制，联合相关城市，形成抱团发展的局面，是安徽在下一个发展阶段的重要战略。

合肥没有理由不担当起安徽经济的领航者。在合肥，有56所高校，有门类齐全的工业基础；有纵

合肥天鹅湖全景

贯东西、横穿南北的铁路公路；更有400万热切期盼未来的合肥市民。

2005年底，安徽省委七届九次全会关于制定安徽省国民经济和社会发展的第十一个五年规划的建设中，第一次提出了建设以合肥为中心的省会经济圈，以马芜铜宜为重点的沿江城市群和以两淮一蚌为重点的沿淮城市群战略决策。要求合肥提高经济首位度，增强辐射带动力，形成辐射周边的省会经济圈，在奋力崛起中发挥先锋带动作用。省会经济圈的概念由此正式提出并进入决策层面。

安徽省八次党代会会场

时隔不久，2006年安徽省第八次党代会正式提出："安徽要逐步形成以省会经济圈为中心，以皖江城市带和沿淮城市圈为支撑的发展格局"。由此更加明确了省会经济圈的战略地位和作用。

历史赋予了安徽省会合肥更加重要的责任。处在奋力起步的节点上，合肥的崛起具有更加深层的含义。

安徽省八次党代会会场

龙头舞动

2005年7月19日，在西太平洋上生成的超级台风“海棠”，以一种意想不到的方式打破了安徽省合肥市的沉默，合肥夏日的上空电闪雷鸣，7级大风夹杂着倾盆大雨似水银狂泻般地砸向地面。上海、江苏、浙江、江西，甚至河南，都感受到了台风海棠的威力。

大拆违一组照片

就在台风“海棠”到达的前一周，合肥城建历史上一次前所未有的大拆违风暴正式生成，摧枯拉朽地涤荡了合肥市的大街小巷。

合肥市规划局当年曾做过这样的统计：仅160多万人的合肥，违法建设竟达到1800多万平方米。城郊接合部90%以上地区，建筑混乱密集、消防通道阻塞、犯罪行为丛生，并且违法建筑的盛行，还催生出一个名词和一个产业。

“隔夜楼”是合肥城市规划管理部门最

待拆违法建设一组照片

孙金龙书记

拆违照片一组

头疼的词。一听说某地段要规划开发，本是杂草丛生的地方，第二天就会涌出连片的“隔夜楼”：这些“楼”极为简陋，造价不足每平方米100元，甚至“墙壁”是用硬纸板搭起的、“天花板”是用订书机订起来的。一些违法建设荒唐到将高压线都“包揽屋中”。造楼只为索要高价补偿和勒索开发商，市区出现多个提供“一条龙服务”的“违法建设生产链”。

时任合肥市委副书记、拆违领导小组组长的黄同文说，由于历史原因，从省、市委到武警、公安等部门也建有大量违法建筑。存在许多建筑合法因素与非法因素交织，以前数次拆违半途而废，违法者心理抗性大大增强，困难群体搭建的违法建筑比例较大等等一系列复杂因素与现象。

拆，还是不拆，对于合肥市委，是一次不折不扣的执政能力大考。

2005年，刚到任的中共安徽省委常委、合肥市委书记孙金龙自述，曾为此事多夜失眠。违法建设和法制建设是两不相容的对立面。欲存其一，必先废其一。显然，为了合肥的长远利益，废违法而建法制，必须是这个城市决策者不二的选择。

在顶着各方的压力下，合肥市掀起铁腕的

拆违风暴。

2005年7月12日，合肥市委办公厅、市人大常委会办公厅在全市率先响应拆违号召，分别对位于淮河路、寿春路的两处过期临时建筑进行了自拆，在全市上下引起了强烈震动。

一时间，合肥市从南到北，由东到西，从主次干道到铁路沿线，从城市中心区到城郊接合部，拆违风暴所到之处，如秋风扫落叶，一处处违法建设被夷为平地，一处处卫生死角被整治一新，在拆除过的老地方，红花绿树、雕塑草坪成为新的主人。

从7月到11月，不到半年时间合肥市拆除了1300万平方米的违章建筑。这场轰轰烈烈的“拆违”行动实现了“三个零”：零补偿、零冲突、零事故。大拆违，不仅拆出了相当于新中国成立之初的两个半合肥，即13.8平方公里的城市空间，这场风暴深刻地影响了合肥人曾经固有的思维，更加意味深长的是，大拆违强有力的措施扫平了合肥通向现代化大城市道路上的阻碍，改写了合肥的历史，拆出了合肥速度。更重要的是，合肥“大拆违”解决了违法建设制约城市发展的桎梏，涤荡了城建过程中伴生的陋习；在文化层面上挑战了合肥“漫不经心”的生活状态，“拆掉”了合肥人固有的思想

拆违后的新景象

合肥城市街景

合肥海尔生产线

合肥新长江路

观念、行为方式，拆出了执行力的威信、观念更新的空间。社会调查显示，市民对“拆违的满意度”达到93%。长期以来违法建设泛滥失控的态势得到了根本遏制，违法建设制约城市发展的问题基本得到了解决。全国人大常委会吴邦国委员长称赞合肥：“解决了一项全国性的难题。”

合肥大拆违的成功，产生了城市改造标本的意义。许多城市组团前来合肥考察。北京市政委员会奥运会项目组也派出考察小组。上海、江苏、浙江、江西、河南，甚至更远的新疆乌鲁木齐的干部们也都前来合肥参观，交流拆违经验。

2006年9月，中国城市论坛北京峰会及中国城市管理进步奖颁奖典礼上，合肥市以“铁腕拆违”实现“零补偿、零冲突”从全国36个城市中脱颖而出，排在8个获奖城市的第一位。合肥市“大拆违”模式将填补国内城市在查处违法建设方面的许多空白。

土尔其诗人纳乔姆斯克梅曾经写过：“人的一生中，有两样东西永远不会忘记，这就是母亲的面孔和城市的面貌。”拆违之后的合肥，城市面貌更加年轻，更加俊俏，更加富有活力。

大拆违，还只是合肥发生巨变的前奏。在它的背后，合肥正在迎来一场这个城市历史中两千年未有之变局。

2005年，是合肥市十五规划结束的时候，合肥市的国内生产总值历史性地达到了926亿元。

合肥国内生产总值从亿元到10亿元，历时

26年；从10亿元到百亿元，光阴16载；从1994年的百亿元到2004年的590亿元，合肥花费了9年时间。从纵向坐标来看，合肥取得了巨大的进步。

然而，横看成岭侧成峰，换一个角度来看，合肥的形势又变得不那么乐观。

以沂蒙山革命老区而著名的山东省临沂市，2004年国内生产总值，在当年国家统计局的GDP排行榜上以1042亿的成绩位列第42位，而合肥位居当年排行榜的第75位。值得关注的还有这样一组信息：临沂市的经济总量在山东省仅位居第八；在全国的省会城市中，有18个城市GDP超过千亿，遥遥领先合肥。显而易见，在前一百位榜单中，只有为数不多的城市为合肥喝彩。

前面的标兵越来越远，后面的追兵越来越近。这是当时上任不久的合肥市委书记孙金龙，对这种情况的描述。

速度居前，总量居中，人均落后。合肥经济发展面临新的挑战。

四平八稳的前进，无法实现经济增长方式的转变,只有力争跨越式发展，才能摆脱落后地区的面貌。

合肥没有理由再拒绝速度。必须要达成这样的共识，这是高度的自觉和理性的选择。

见贤思齐。以积极主动的态度，向先进地区看齐，学习先进地区经验，营造经济快速增长的良好环境，是实现跨越式发展的重要软实力。

2005年以来，合肥市多次组织高规格的党政代表团赴江浙、山东、河南、湖南、江西等地考察，学习他们的先进理念和成功做法，取“拿来主义”，做“结合文章”，见贤思齐，使解放思想有了参照系。

查细节、摆问题、找原因、补措施、创实效，合肥以机关“效能革命”为核心，

山东省临沂市城市景象

合肥市政府大楼

合肥行政服务中心

进行了一场思想大解放的变革。

以春秋时期的“商鞅变法”精神，合肥市全面开展机关效能革命，全面优化发展环境。效能为先，制度为本。合肥先后推出了限时办结制、两次终结制、特事特办制、超时默认制、缺席默认制、全程代办制等一系列具有创新性的制度。

制度的创新，必须以思想解放为载体。

一系列重大举措密集地在合肥推出：行政审批制度、招投标制度、投融资体制、财政体制、公务员轮岗交流等许多领域大胆突破，形成独树一帜的“合肥经验”。 在“效能革命”中，合肥刀锋直指行政审批制度，一举砍掉36项行政事业性收费，变串联审批为并联审批，推行缺席默认制，从投资者进入合肥那一刻起，大小审批事项都能得到依法高效办理。

外部的崛起，是内部力量的外延。

2005年，三大推进的提出，开始破解合肥跨越式发展的多元方程。

推进大发展，大建设，大环境。这三驾马车将拉动合肥奋力赶超。修正后的十一五规划提出，要在2010年，达到国内生产总值1900亿。

那么，拿什么来完成这个宏大的目标呢？

不破不立，以工业立市、县域突破、创新推动的大发展，成为拆违之后合肥的主旋律。工业立市，需要庞大的项目和资金作为支撑和载体。找资金，找项目，时隔50年之后，一场声势斐然的全市大招商，再次轰然而至。合肥太需要补上投资驱动这一课了。

2005年12月6日，合肥市政府广场，300多支招商小组奔赴长三角、珠三角、环渤海湾等中国最富经济活力的地区。各级政府机构的招商局，陡然成为最忙碌和热门的单位。

2005年—2008年，合肥实际引资总量先后跨越200亿、300亿、500亿、700亿元4个台阶。

2009年，合肥将招商引资一举冲过千亿大关！

2009年，合肥新批外商投资企业近60家。虽然面临金融危机的严峻考验，但合肥创造了合肥招商史上的“第一”：境外500强企业投资踊跃，英国乐购、美国沃尔玛、日本驻友化学、德国大陆轮胎、法国液化空气集团等5家世界500强企业进驻合肥。

德国大陆轮胎

合肥鑫昊光电

京东方

景坤新能源公司单晶硅片

景坤新能源公司单晶硅车间

融安动力车间

“大招商”带来经济新生力量。2009年，合肥市规模以上工业产值增量的70%来自招商引资来的企业，新增规模以上工业户数的95%来自招商引资来的企业；通过引资、融资多途并举的办法，大量外来资金进入合肥，参与城市建设，极大地改善了城市面貌。

“大招商”促进经济结构优化。2009年，合肥通过引进一大批支撑性的大项目，大力转变经济发展方式，新增一批战略性新兴产业项目，利用新项目的技术资金优势改造传统产业，进一步优化了合肥的产业结构，助推合肥经济又好又快地发展。

“十一五”以来，合肥紧紧抢抓国外和东部沿海地区产业加速转移的历史机遇，成功引进了京东方、大陆轮胎、格力、熔安动力、赛维等一批大企业、大项目。目前已有50余家世界500强企业落户合肥。据统计，合肥市现在50%的税收是由外来企业产生的，新增就业中70%是由沿海转移来的企业提供。

在“十一五”时期的五年里，合肥市累计完成招商引资超过4360亿元。2011年前三季度合肥市招商引资实际到位省外资金突破1600亿。50余家世界500强企业落户合肥。

整个“十二五”期间，合肥市招商引资完成10000亿元，年均增长20%以上；

由招商引资而来的一批战略新兴产业在合肥落户，京东方平板，融安船用动力，日立建机等等大型项目的建成投产和增资扩产，它们的到来，更加壮大了合肥工业家族。使原本就为“白色家电之都”、汽车制造大市、机械装备领先的合肥，成为全国省会城市中工业门类最齐全的城市。据安徽省社科院工业经济研究所的课题研究，37个大工业门类里，合肥已经做了34个。工业门类的齐全，加快形成了完善的产业配套发展。

2002年，合肥被国务院授予全国唯一的科技创新型试点市。作为全国重要的科教基地，合肥坐拥中国科技大学等高等院校51所，中科院物质研究院等科研院所200多个。合肥推行“大发展”的另一抓手是“创新推动”战略。

科大讯飞、美亚光电、三益江海等一批高新科技企业，创造了令人称奇的业绩。在装备制造业中，全国闻名的江淮汽车集团立足自主创新，不断推出一款款高品质汽车。江汽董事长左延安说，这些年来江汽一直在进行技术创新，产品创新方面有丰硕的成果，每年都有一些新的产品投放市场，正是因为这些新的产品不断满足客户越来越高的需求，所以才能保持企业的业绩不断地增长。特别是近期江汽在新能源汽车、DCT双离合器自动变速箱，还有汽油机干冷直喷等一些传统的前沿技术和新能源技术方面，在业内有了很大的进步。这个对江淮汽车今后取得市场竞争的领先优势将产生积极深远的影响。

截至“十一五”末，合肥高新技术产业增加值占GDP的比重达到了23%，高新技术产业产值和增加值年均增幅都在全国省会城市中名列前茅。科技力量多年来的厚积薄发，对正在弯道上加速的合肥，加注了超越的强劲动力。

按照经济学理论，合肥本体的不断增长，将产生巨大的极化效应。处在合肥卫星地带的肥东、肥西、长丰三县，工业化水平的权重应

融安动力车间

中国科大

科大讯飞

美亚光电

江淮汽车

三益江海

小井庄

大包干纪念馆

桃花工业园

该与合肥同步，才能推动县域经济和大城市建设比翼齐飞。在国内发达地区，这已经是不争的事实。

2004年，合肥市委书记孙金龙率队考察浙江湖州的县域经济，湖州市当年的经济总量比合肥多2个亿，但是湖州长兴、德清、安吉三县的GDP要占到全市总量的百分之六十。

湖州经验，为合肥带来了深刻的借鉴。

“桃花千亿俏春风”。以率先包产到户小井庄而闻名的肥西县，修改唐朝诗人崔护的诗句，表明自己的诉求。以桃花工业园为龙头，实施县域突破，在未来的五年内，要打造出千亿大桃花的工业板块，力争成为合肥经济发展的重要引擎之一。2011年8月公布的“第十一届全国县域经济基本竞争力百强县（市）”名单中，肥西县继2009年再次入围，并跃升4个位次，名列全国百强县（市）第90位，排在中部百强县（市）第7位。肥西县也成为安徽省唯一入围的全国百强县。

进入2011年，肥东县主要经济指标增幅保持两位数增长，工业增速居全省一类县首位。

2011年1—7月份，长丰县实现工业总产值250.3亿元，同比增长39.1%；迈向全省十强县的步伐正在加快。

古人说：“郡县治，天下安。”

“十一五”时期，合肥县域规模以上工业总产值突破1000亿元，县域经济占全市比重由19.8%提高到24.4%，肥东肥西长丰进入中部百强县，其中肥西跻身全国百强县。

合肥县域经济的突破给人带来了意料之外的震动。

合肥大剧院

鑫昊生产线　江汽生产线　三洋生产线

以“合肥速度”为代表的大发展，创下了多项新高，2006年，合肥的“加快工业发展年”，这一年11月，合肥工业一举跨过“月产百亿”、“年产千亿”两道大关，完成了历史性突破。2007年，经过一年多的力量积蓄，合肥工业继续提速，完成规模以上工业总产值1488.4亿元。2008年，合肥工业仅用两年时间就翻了一番，超过2000亿元！到2009年达到2749.2亿元，2010年超3700亿元。2011年前三季度全市生产总值超过2400亿元，同比增长16.2%，增幅分别高于全国、全省6.8个和2.4个百分点，在全国省会城市位居第2，在中部省会城市中居首位。

井喷式的发展，弯道超越的经验，合肥速度越来越多地被兄弟城市的眼光所关注。

来自武汉、长沙等地的党政代表团先后到合肥考察，此后四个月内，湖北的主流媒体记者发出这样的评价，在常人看来不可行不可为的地方，他们一旦认准目标，就不会轻易放手，而是执著地、不事张扬地就干出一番惊天动地的伟业来。面对可怕的安徽人，更可怕的是我们的自我陶醉。湖北省委主要领导人在公开场合，也曾经发出这样的反问："现在全国的白色家电中心不在武汉，也不在北上广深，而是在合肥，为什么？"

检阅一个城市先进与落后的标准，城市的建设水平是重要的指标之一。大发展需要大环境，大环境促进大建设。合肥市以大发展、大环境、大建设的三大推进环环相扣，相得益彰。

2006年春节后，合肥大建设正式拉开帷幕，伴随着合肥"141"城市空间发展战略，合肥市随后出台《城市总体规划》，按照这个布局，合肥全面改造提升核心主城区，在主城东、西南、西、北方向建设4个城市副中心组团，沿巢湖逐步兴建一个生态型、现代化的滨湖新区，未来的合肥将形成一个核心主城区，四个城市副中心和一个滨湖新区的城市空间格局。城市由单中心向多中心转变，优化了城市资源配置，全面提升了城市承载力、辐射力和带动力。

连接各个组团的是一条条城市快速通道。

徽州大道、蒙城北路、金寨路南延、长江路改造、"畅通一环"建设以及接连崛起的高架桥，使合肥交通进入立体时代。继金寨路高架、长江西路高架、裕溪路高架、南北高架之后，2011年，又有5座高架桥陆续开建。

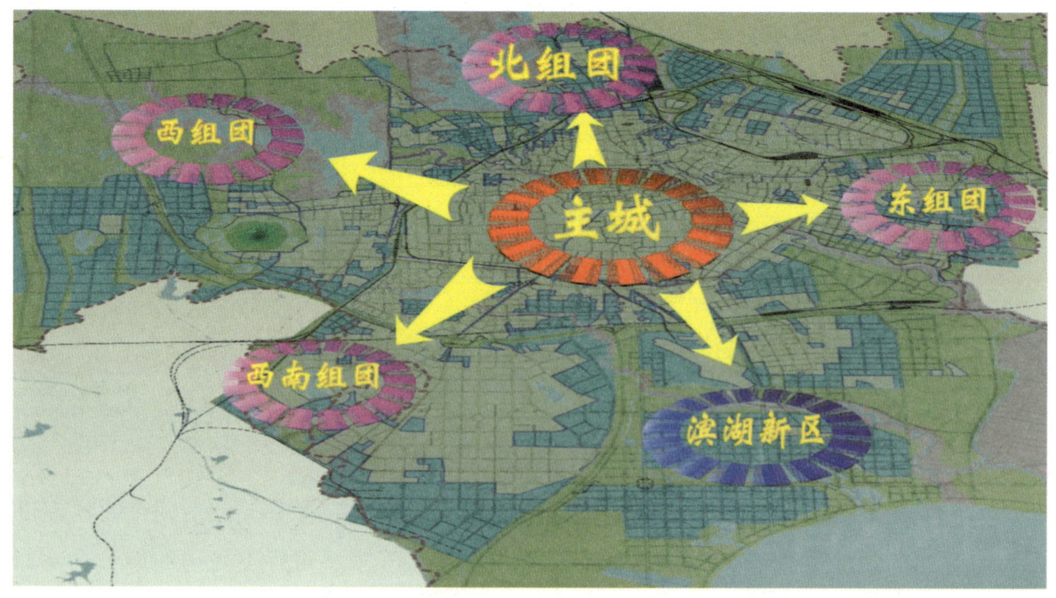

"141"示意图

合肥高铁南站枢纽工程

腿长了，翅膀也开始硬了。从20世纪70年代开始启用的不堪重负的合肥骆岗机场，不久将退出历史舞台。

位于合肥西北的新桥国际机场，从外形看上去，像一只巨大的流线型热带鱼。它的落成，将成为继北京首都、上海虹桥、上海浦东、广州白云、深圳宝安、厦门高崎等机场之后，具备国内目前最高飞行区等级的4E级机场，可供世界上目前已投入商务运营的所有飞机起降。新桥国际机场将为安徽沟通世界架设一个新的空中桥梁，毫无疑问，它必将推动合肥乃至安徽民航业的大发展，安徽“承东启西”的区位优势会因此更加凸显，甚至安徽民航的发展乃至整个中国中部交通枢纽建设的格局也将从这里改写。

“鹰击长空，鱼翔浅底，万类霜天竞自由”。交通枢纽要求不但能天上飞，地上跑，水里还要能游。司马迁在《史记》中说：“合肥受南北潮，皮革、鲍、木输会也”。寥寥数语，道出了合肥千百年前水运之繁华。处于江淮联运最接近点的合肥，在汉代已是很繁荣、很重要的交通要地。只是在大运河开凿之后，合肥港的辉煌才渐渐淡去。今日的庐州古城，正在大规模改建合肥港，意欲重现往日水运辉煌。穿云破水，扬帆起航，正按年吞吐货物2600万吨、客流100万人次规划建设的合肥港综合码头建成后，将结束合肥港长期以来没有集装箱码头的历史，合肥地区的集装箱货物可从水上直接运抵上海。通江达海，不再是合肥的梦。

合肥步行街俯瞰

在全国城市建设史上，合肥多次挥毫泼墨。“大建设”又为合肥添上崭新篇章。以下这些数字绝不枯燥，它能直观地告诉公众，合肥变化的深刻：从2006年3月以来，“大建设”先后开工建设了综合交通工程、环境整治项目工程、园林绿化及景观整治工程、水电气热等公用事业工程、文教卫体等公益性项目、保障性住房及复建点项目工程、市政设施维护工程、土地复垦工程及社会主义新农村建设、自主创新示范区建设项目等9大类1294项。截至2011年3月底，“大建设”已集中完成990项城建工程，累计投入1122亿元，相当于“九五”、“十五”时期总投资的五倍多。水环境治理、会展场馆建设、公益房建设快马加鞭……，一项项刷新合肥城市建设历史纪录的工程在合肥次第开花结果。

围绕建设国家生态园林城市，按照“翠环

绕城、园林楔入、绿带分隔、点线穿插”的要求，让市民“出门500米见绿、1000米见公园广场”。合肥组织实施了大蜀山森林公园工程、高压走廊绿化二期工程、外环森林景观长廊工程、巢湖沿岸生态综合整治工程、道路绿化大会战等园林绿化工程，建成了一批生态长廊；坚持道路景观与公园建设并重，新建、扩建三国遗址公园、蜀峰湾公园等一批公园，形成“一圈、三环、四楔、五廊”的生态园林格局。国家环保部部长周生贤来肥考察时对“水文章”、“绿文章”高度评价：“一个城市，水是生命、树是灵气。合肥坚持‘生态环保优先’的理念，高度重视环保工作，做了大量卓有成效的工作，无论是空气质量还是水环境治理，特别是地下管网建设等在全国都是靠前的。”

合肥大建设花没花本该用在民生上的钱？这个看似尖锐的问题，回答起来非常干脆：坚持以人为本，把“大建设”作为最大的民生工程。坚持拆迁安置优先，按照“快施工、快收尾、快决算、快移交”的要求，共完成“大建设”复建点和保障性住房项目44项，在建19项，完成投资182.91亿元，截至2010年底，合肥市安置房建设总规模1127.15万平方米，已竣工实现安置301.12万平方米，促进了群众居住条件的改善。坚持社会事业优先，先后新建迁建87所中小学校，超过“九五”、“十五”时期的总和，一次性解决了4万孩子就近上学、上好学的问题；集中规划建设5所三甲医院，改扩建乡镇卫生院和村卫生室114所，社区卫生服务机构实现全覆盖。大力改造

合肥小东门俯瞰

合肥清风阁

老城，近几年投入老城区改造的资金已占“大建设”投入的90%；对中心城区六大片区和危旧房、城中村进行连片改造，2万户群众喜迁新居。同时规划建设了一批水、电、气、热、公交等市政公用基础设施项目，投资71.83亿元，建成了133项工程。城建和民生的不等式，在合肥取得了平衡。

安徽省委副书记孙金龙在《合肥大建设》一书序言中说，两千多年来，合肥人民在这片热土上建设家园、追求幸福；历史长河中，家园今日最美丽、明天更美好。区域性特大城市不是梦，正向我们阔步走来，“它是站在海岸遥望海中已经看得见桅杆尖头了的一只航船，它是立于高山之巅远看东方已见光芒四射喷薄欲出的一轮朝日，它是躁动于母腹中的快要成熟了的一个婴儿”。

合肥火车站　动车

从2008年起，合肥一跃而成为华东乃至全国重要的铁路枢纽之一。每天从合肥始发和经由合肥发往全国各地的列车达80多趟。继2008年合宁合武客运高速铁路的开通运营之后，在未来两年内合肥至北京、至杭州、至福州的高铁，也将全面开通。以合肥为中心，半径为200公里的周边城市，都将实现一小时抵达。正在建设的合肥高铁南站将是继上海虹桥站的华东第二大车站，未来将成为全国高速铁路的汇集中心之一，预计到2020年车站年发送旅客1800万人，日均发送近5万人。

2010年，合肥轨道交通一号线通过立项批复，规划中的这条轻轨线，从主城区通向18公里外的巢湖之畔。

公元前600年的阿加奴（Alcaeus）在描写希腊的城市时曾一语中的地指出，“造就一座城市的，不是精良的屋顶和坚固的城墙，也不是运河或船坞，而是善于利用机会的人们。”几千年后，合肥的建设者也印证了这句格言。

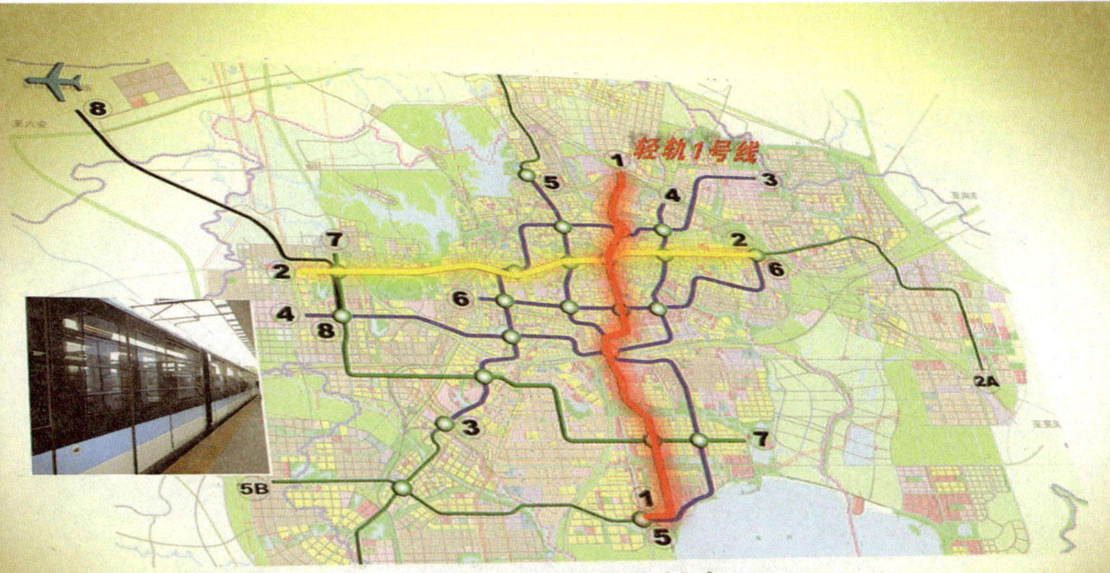

合肥轨道交通动画示意图

天鹅湖鸟瞰

滨湖崛起

“气吞吴楚千帆落 影动星河午夜来”。

这两句诗是明朝御史大夫、诗人储良材对巢湖的描述。在中国地理教科书上，巢湖被列为我国五大淡水湖之一，面积820平方公里。巢湖水域辽阔，物产丰饶，经巢湖入裕溪河可直达长江。上溯武汉、重庆，下通上海、南京。

从合肥市中心出发，至巢湖北岸的直线距离只有18公里。在中国所有的省会城市中，还没有哪个城市有像合肥这样滨湖而居的造化。从50年代开始，合肥人就一直怀揣着滨湖而居的梦想，上天恩赐造化，什么时候能终成现实呢？

“十一五”以来，随着合肥市工业化、城市化进程不断加快，城市人口急剧扩张，作为“省会经济圈”核心城市，合肥的承载力和辐射力均受到极大的限制，急需拓展新的发展空间。深圳市规划设计院为合肥市所作的调研报告显示，合肥老城区5平方公里的土地上，平均楼层高度只有4.2层，人口密度高达3万人/平方公里，密度甚至超过日本东京；而合肥市统计局公布的数据显示，截止到2005年底，合肥建成区224平方公里，城市人口也在224万左右，基本达

巢湖姥山

合肥老城区建筑

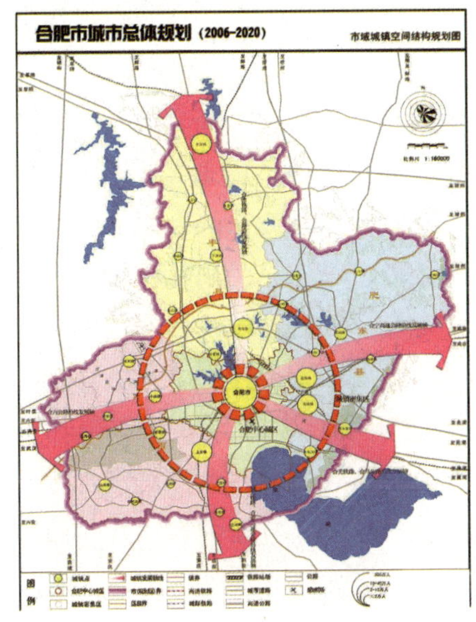

合肥主城区

到国际标准“每平方公里1万人”这一底线。目前，合肥每年还净增人口17万多，这一数字仅指新增的户籍人口，除此之外，合肥每年还有大量不断增长的流动人口进入。

如何寻求未来10到15年发展空间、提升城市承载力和省会城市首位度，2006年，安徽省第八次党代会和市第九次党代会明确要求：“要把合肥市建设成为现代化滨湖大城市，建设成为辐射全省、崛起中部、承东启西，促进我国东中西部互动协调发展的区域性中心城市。”同年，合肥市委、市政府提出“坚持科学发展，奋力率先崛起，加快建设现代化滨湖城市”的奋斗目标，并对合肥城市总体规划作出部署，提出“141”发展战略，即未来的合肥，将形成“一个核心主城区”，“四个城市副中心”和“一个滨湖新区”的城市空间格局。

这是来自高层的战略决策。

在民间，公众对滨湖的建设同样充满着期待。长期以来，合肥的声名被湮没在南京、武

滨湖大建设

滨湖建设者

合肥滨湖新区　规划

汉这样显赫的大都市背后，江淮大地的首府一直扮演小兄弟的角色。合肥在城市建设、市容市貌上，还有什么能拿得出手呢？

这是来自市民的焦灼和迫切。

由这两股内在需求的合力推动，滨湖新区建设在各种表情中摁下了启动的按钮。

滨湖现代化大城市的梦想，在“三大推进”的隆隆声中，开始一步步地走向现实。合肥跳出了狭小的老城区，从“环城时代”跃入“滨湖时代”。

2006年10月，巢湖打开了胸怀，慷慨地迎接着上万名的建设者。

这是一次旷古未有的城水相逢。

在一群群建设者的背后，蕴动着两个深层的含义，从安徽层面看，滨湖新区是合肥建设现代化滨湖大城市“141”发展战略的重要增长极，从全国层面看，滨湖新区是皖江城市带承接现代服务业转移最重要的载体，这个合肥历史上从未有过的新区将是一个什么样的城市呢？

在滨湖新区建设之初，时任合肥市委书记的孙金龙就明确提出“四个优先”的原则：群众利益优先；基础设施优先；社会事业优先；聚集人气优先。通过这四个优先，滨湖新区的发展进入了快车道，通过进一步的营造六个环境　构建六大中心。通过交通环境、生态环境、医疗环境、教育环境、购物环境和休闲环境“六大环境”的营造和完善，滨湖新区将建设成为宜居、宜业、宜游、宜乐的新城区。同时滨湖新区重点打造区域性金融商务中心、行政办公中心、旅游会展中心、文化体育中心、研

滨湖新区

发创意中心和商业居住中心的“六大中心”。

从2006年11月15日至今，毫无疑问，在历时五年中，“建设”和“速度”，这两个合肥使用频率最多的词，开拓着巢湖流域千百年来最新的一页。许许多多当地人未曾见过的景象出现在他们的视野：新区房建面积突破2000万平方米，相当于合肥老城区房建面积的近三倍，房建工程实际开工面积1383万平方米，竣工并投入使用超过1000万平方米，新区内建成市政道路总长80.98公里，BRT快速公交专线通车，区域主要道路网围合面积32平方公里，区域建成面积已达18平方公里，累计完成投资总额470亿元。

2010年6月30日开工建设的方兴大道与京台高速公路10进16出的互通立交枢纽，这个全

方兴大道枢纽

省最大规模的互通立交工程已投入使用，使新区与全省的交通联系更为便捷，更令合肥市民期待的是，合肥市城市轨道交通规划获国务院批准，轨道交通一号线开工建设。

以保障民生为先导，滨湖新区按照“依法用地、有情拆迁、保障建设”的要求，实施征地拆迁安置和安置房建设。新区累计拆迁面积355万平方米，涉及拆迁群众4.96万人，建成及在建安置房面积330万平方米，确保每一户拆迁群众都能有房住，住好房，让各阶层群众均能享受改革开放取得的发展成果。

滨湖新区回迁楼

昔日岗冲起伏的土地上，一个可容纳30万人口规模的生态宜居新城初步形成。

新城的居民，已经开始享受优质资源带来的阳光：聚集在老城区炙手可热的著名学校先后迁到滨湖。新区开学学校达10所，新区总招生规模超过4万人。

合肥一中

2007年，合肥一中、四十六中和合肥师范附小整体从老城区迁入滨湖，随着近几年的发展，陆续又有一些学校：四十八中、屯溪路小学分校、寿春中学等，都进驻到滨湖新区，最大限度地满足了不仅老城区，也包括滨湖新区在内的公众对优秀教育资源的需求。

在老城区长期紧张的医院床位，在滨湖新区已不是问题。在3000床规模的三级特等医院——合肥市滨湖医院首批2200张床位已于2009年11月15日正式开诊。从容不迫地接待着来自四方的患者。

合肥一中学生

滨湖医院的医生护士，为他们的新医院感到自豪。要知道，滨湖医院的目标是国际接轨、国内一流、安徽领先，滨湖医院的定位是

合肥滨湖医院

“立足合肥、面向安徽、辐射中部”。合肥市滨湖医院规划床位3000张，一次性建成投入使用2200张，以智能化、信息化、物流化、数字化、生态化、园林化、宾馆化、环保化、人性化、现代化、节能化、立体化等“十二化”统揽医院发展方向；以新体制、新机制、新理念、新思维、新思路、新知识、新信息、新动态、新模式、新方法、新技能、新技术等“十二新”统帅医院内部管理。

文化是一个城市的灵魂，滨湖新区的文化设施建设同样让人振奋，渡江战役纪念馆、合肥美术馆、合肥滨湖国际会展中心、安徽名人馆、合肥要素大市场等一系列馆群项目已进入建设尾声。滨湖轮滑场已作为“四体会”轮滑比赛场地投入使用。

滨湖新区借势放大优质教育资源、医疗资源、文化娱乐资源，吸引了省内外及周边地区

滨湖各场馆

群众聚集；新区的城市功能与相邻的合肥经济技术开发区的工业集聚最大限度地实现了优势互补。

一个新城，展现在人们面前的应该是繁华、活力和秩序。新区的水、电、气、热等9种管线随道路建设一次到位；各类商业、文化、办公、居住、金融服务项目纷纷入驻新区。其中，总投资120亿元、总建筑面积486万平方米的滨湖世纪城已全部开工，包括华东地区最大的40万平方米的城市综合体和15万平方米的酒店已相继开业。集餐饮、娱乐、休闲、文化等一体的滨湖城市天地项目正如火如荼建设。

滨湖新区经过四年多的建设和发展，招商引资的项目总计已经达到了56个，投资额超过了600亿元人民币，因为新区作为全省的一个新的核心，就是从建区开始，新区就树立招商

滨湖世纪城等项目

选资的理念，筛选一批有经验、有实力、有品牌的投资者到新区投资兴业，不仅要把这个项目引进来，还要服务好。通过热情周到细致的服务，使这些项目尽快地开工，早建成、早营业，早一日形成就业和税收。

新区内建成市政道路总长80.98公里，BRT快速公交专线通车，2009年6月《合肥市城市轨道交通建设规划》获国务院批准。8月7日地铁一号线试验段开工建设，包河大道高架即将竣工通车；同时开工建设的珠江路、云谷路下穿京台高速，使新区与周边区域联系更为密切，方便市民通达滨湖新区；日处理3.5万吨的塘西河再生水厂一期工程日处理5000吨已竣工投入运行，二期3万吨工程也已开工建设。

临湖17公里的景观大道以及十五里河、塘西河两岸生态修复、全线截污等一系列重大工程已经启动。

万尚百货、华谊影院等一大批知名品牌项目也在积极筹备中，2010年春节正式营业。新区商品房销售势头良好，已销售商品住宅面积超过360万平方米，很多居住区交房半年入住率就达90%以上，创造了新区建设的奇迹。

在承接产业转移的过程中，滨湖新区又抓住了另外一个机会。近年来，国内金融业前后台业务分离，分工不断细化，并且开始向二线城市转移。滨湖新区提出：打造合肥国际金融后台服务基地。仅仅两年时间，中国工商银行、中国农业银行、中国建设银行、中国银行、邮储、浦发、信达等七家金融机构，总部级的后台中心已经落户滨湖新区。可以确定，三到五年后可形成八到十万的就业人口，进而

金寨路高架

滨湖污水处理场

滨湖湿地

承接产业转移

拉动新区消费需求，提升新区金融中心地位。

在滨湖新区上马建设的时候，有人忧心忡忡，这么大的城区，又紧邻着巢湖，城市垃圾、废水的产生，对巢湖脆弱的生态会不会带来更多的破坏？面对这个疑问，滨湖的建设者该怎样作出回答呢？

建设者们采取了很多办法：首先是雨污分流，新区内所有的污水收集，全进入污水处理厂进行治理，处理达标后再进入湿地净化，净化完了以后进入塘西河，给塘西河进行补水，实现了污水的全收集、全治理、全回用，紧接着是河道的五管齐下组合措施，包括河道整治、截污治污、调水补水、生态重建、监控调度组合措施，对河道进行治理，保证河道的水质能够达到地表四类水的标准，减轻对巢湖的污染。

理念的革新，科技的飞腾，带来了操作层面的革命。“保护生态、修复生态、治理污染、不新增污染”的工作思路，目标就是“不让一滴污水流进巢湖”。滨湖治污配套工程设施，日处理3.5万吨的塘西河再生水厂一期工程日处理5000吨污水工程已竣工投入运行，二期3万吨工程也已开工建设；临湖17公里的景观大道以及十五里河、塘西河两岸生态修复、全线截污等一系列重大工程也全面启动。

从2006年开始到现在总共建了4年多，而且从现在的巢湖塘西河入巢湖的水质检测来看，巢湖的蓝藻爆发的次数和面积在逐年减少。

坚持可持续发展，节约利用资源，在城市和小区中率先引入中水回用系统；在道路照明、建筑亮化中全力开发利用太阳能、风能等可再生能源，将循环理念引入滨湖生活；利用絮凝和凝固技术，对淤泥、建筑垃圾、生活垃圾资源化利用，形成良性循环，从而达到社会、环境、经济三个效益的完善结合；开展巢湖岸线生态整治工程，恢复湿地功能，涵养动植物群落，打造森林城区，让城与湖，人与自然和谐共生。

滨湖污水处理厂　生物处理

滨湖湿地

滨湖景观大道

修复湿地，引水入城；保护水体，治理污染，建设宜人适居的生态滨湖。生态环境与景观建设工程，包括森林与植被的培护抚育工程、水源与水土的涵养保持工程、生物多样性保护工程及环湖绿化景观带建设工程等项目。投资3.5亿元的环湖绿化景观带，绵延约60公里，而预留足够空间，建设公共绿地，无论对打造滨湖的生态名片还是内部的自我升华，都有着不可替代的作用。合理规划新区现有的原生态，使这些得到最大限度的保护和预留，各项具体的建设项目均让步于生态景观，以保证充足的绿地空间。湿地素来被称为“鸟类乐园”，因具有强大的生态净化功能，而享有“地球之肾”的美名。滨湖新区沿巢湖一带，有20公顷湖畔湿地，这些湿地的生态恢复项目，一开始就被提上了议事日程。该项目利用

滨湖小区内景

滨湖治理工程

滨湖小区绿化

生物措施改善水环境，在沿湖湿地按沉水、挺水植物和防浪林带、生态护坡有序栽培布列，既可消减风浪，又能吸纳巢湖水体中的氮磷及有机物。

滨湖新区，以绿文章、水文章为突破，打造一个生态的、森林的城区。在道路方面，选择了以法梧这种行道树为主，结合了其他的像雪松、竹子这种常绿的树种作为背景，营造几年之后人们走在绿荫大道上的这种效果；小区方面，主要选择一些香樟、樱花这些香朵树种为主，营造一个丰富多彩的生活空间；在公园这种大面积的、人文的休闲场所，选择的是以香薷树种为主，比如榔榆、重阳木和栾树等秋景树、夏景树，打造一种混交林的森林城市的感觉。

2009年10月，国家住房和城乡建设部正式批复合肥滨湖新区为“城市生态建设示范区”。

2007年8月20日《香港文汇报》对合肥滨湖新区做了这样的解读：“维多利亚港一直影响着香港的历史和文化，亦主导香港的经济和旅游，是香港成为国际大城市的关键之一。”内地中部城市安徽合肥濒临中国五大淡水湖之一的巢湖，提出打造现代化滨湖大城市目标。按照“世界眼光、国内一流、合肥特色”的要求，合肥滨湖新区将形成以行政办公、商务金融、旅游观光为主导的城市功能新中心。摩登的建筑、荡漾的湖水、频繁来往的船只，依托巢湖独特的资源，一个现代化独具魅力的中部“维港”已在安徽合肥显露雏形。

这是几代人梦寐以求的蓝图。湖光叠影，水岸交融，湖予城以灵气，城与湖共生。灯火璀璨的新城，水光潋滟的湖岸，一座现代化滨湖大城市，喷薄欲出。安徽省委书记张宝顺说：“合肥这几年发展快，最大的变化就是滨湖新区变化快，它代表了合肥城市面貌的变化，也代表了安徽快速崛起的变化。”

吴邦国委员长寄语滨湖城市建设与发展：“生态滨湖，造福于民。”

5年多来，由于合肥“大建设”的强力推进，加快完善政务文化新区功能，推动合肥城市形态由单中心向多中心、组团式转变，由“环城”向“滨湖”乃至“临江”转变。合肥城市的建成区面积由225平方公里扩大到339平方公里，市区常住人口由180万人增加到335万人，城镇化率由55.8%提高到68.2%；一个未来现代化滨湖大城市的面貌扑面而来。

在三大推进的进程中，合肥的表情日益丰

滨湖动画示意图

渡江战役纪念馆和塔

滨湖夜景

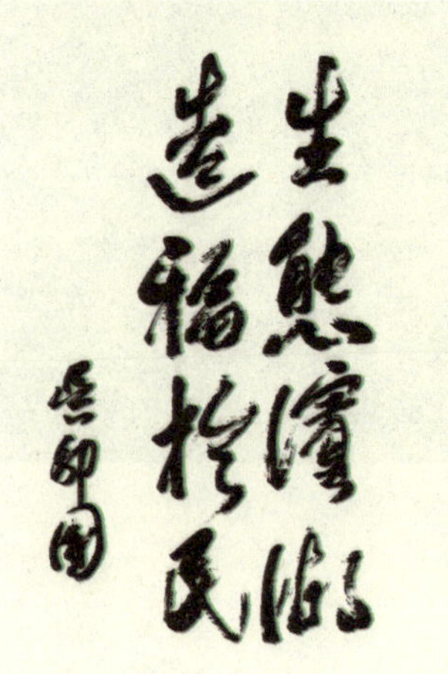

吴邦国题词

富。速度，带来一座城市沧海桑田的诗意。从2005年到2011年，这座城市的变化，已经超出了合肥人想象力的极限。

合肥经济建设的突飞猛进，结束了长期以来省内八个兄弟一般高的尴尬历史。在合肥“十一五”规划里的五年时间里，截至2010年底 合肥市的国内生产总值年均增长17.9%，年均增速排名全国省会城市第一，总量由第18位前移至第15位。省会经济首位度由17.3%提升至22%。

合肥滨湖新区 概念性规划篇

➤ 滨水的魅力之都

盈彩水岸

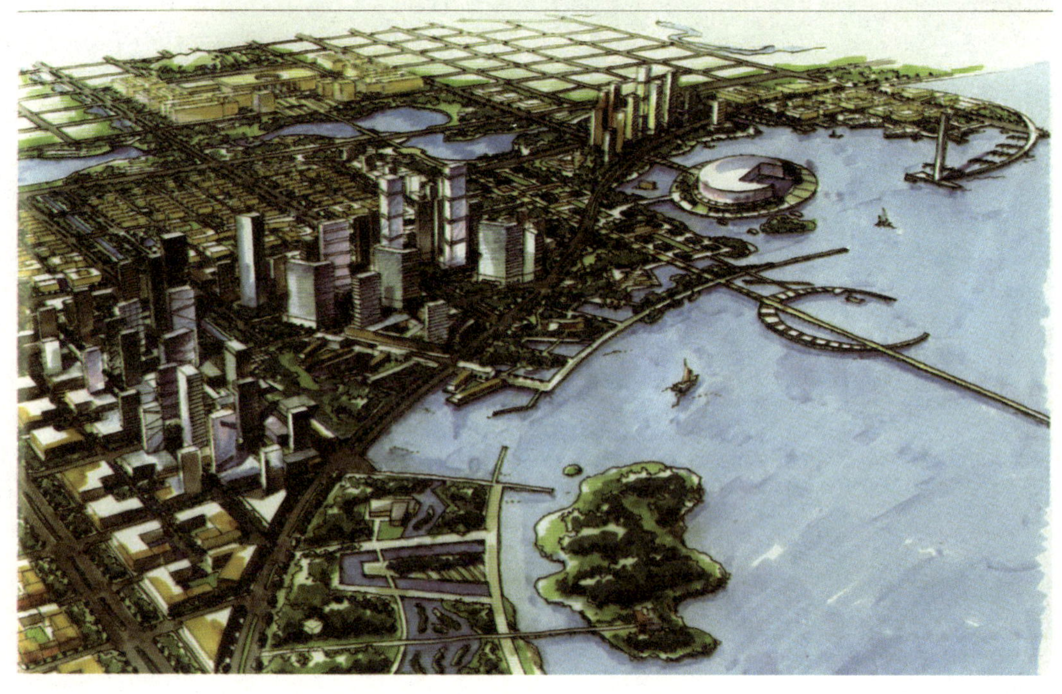

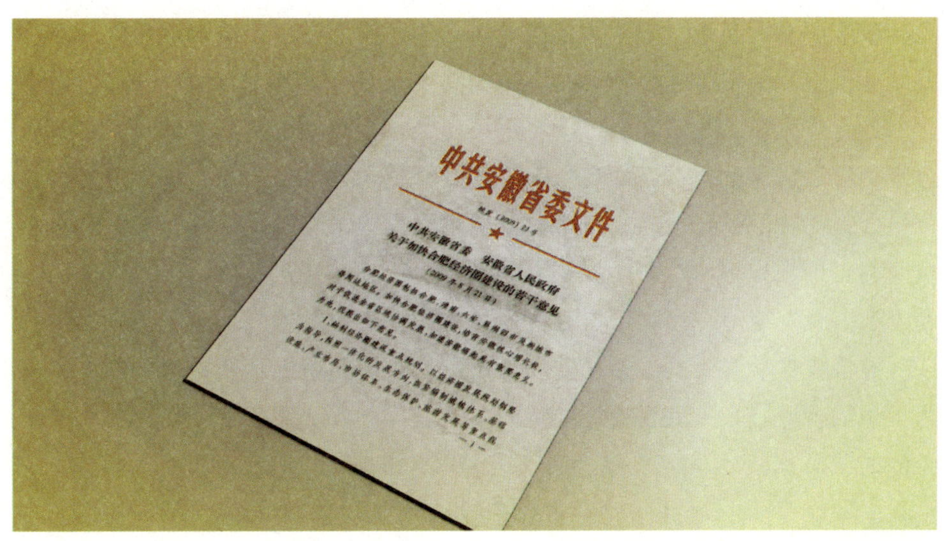

中共安徽省委文件

中共安徽省委 安徽省人民政府
关于加快合肥经济圈建设的若干意见
(2009年8月21日)

合肥经济圈文件

首位度的不断提高，使合肥在全省经济发展格局中的龙头作用越来越强。合芜蚌自主创新综合配套改革试验区、合淮同城化、皖江城市带承接产业转移示范区建设的推进，使合肥正在成为区域经济的动力源。

2009年8月21日，省委省政府以皖发2009-23号文件的形式，正式下达了关于加快合肥经济圈建设的若干意见。一个为众人期盼已久的概念——“合肥经济圈”，第一次被正式写进官方公开文件中，标志着酝酿多年的合肥经济圈概念横空出世。

经济学界认为，21世纪是“城市世纪”，国民经济和城市发展都将围绕中心城市和城市圈而展开。目前，全国已经和正在形成的具有“圈”性质的经济区域高达20多个，其中最有代表性的有长三角经济圈、珠三角经济圈、环渤海经济圈等。近年，中部地区的武汉经济圈、长株潭城市群、中原城市群、昌九工业走廊等等，也在快速扩张与壮大，如果安徽再不发展中心城市，将在周边城市圈强大的“虹吸效应”下，面临被挤压、被边缘化的困境。

显而易见，合肥是安徽的省会城市，无论是从区位优势来讲，还是从政治文化中心来讲，合肥都应该成为全省的核心和龙头。或者说应该成为全省核心龙头的第一梯队，而且合肥的科教资源、人文资源都处在一个核心和龙头的地位。合肥经济圈实际上是以合肥为核心的经济圈，没有合肥谈不上一个合肥经济圈。合肥是一个城市的概念，合肥经济圈是一个区域的概念，作为安徽全省来讲又是一个更大的区域概念。只有当合肥经济圈这个区域经济发展壮大了，全省的这个区域经济的板块才有可能发展壮大。

合肥作为安徽的省会城市，将承担起全省中心城市的功能和作用，要成为带动周边、辐射全省、影响全国的强力引擎。

合肥发展得很好，周边城市的发展也将很快，合肥经济圈在安徽省委省政府的正确领导下，在科学发展观的指导下，正在加快发展，进入快车道。在“十二五”期间，合肥还将有一个井喷式的发展。

古希腊哲学家亚里士多德曾经说过：“人们之所以从乡村来到城市，是为了生活得更好。”处在合肥经济圈内的人民，将会迎来他们这个时代中最美好的纪元。

两翼展翅

2007年1月23日，在安徽省第十届人民代表大会第五次会议会场，时任安徽省省长的王金山，在省十届人大政府工作报告中明确指出："要高标准地构筑合肥滨湖城市框架，规划建设以合肥为中心，以六安、巢湖为两翼的省会经济圈。"

从2006年10月26日，安徽省八次党代会提出建设省会经济圈的要求，到2007年1月23日，王金山省长明确省会经济圈的内涵，时隔仅仅3个月。

2008年6月，由安徽省发改委编制的省会经济圈发展规划纲要，下发到合肥、六安、巢湖三市。

《纲要》提出的发展目标是：努力把省会经济圈建设成为国内优势明显的先进制造业基地、科技创新及高新技术产业化基地、生态型旅游度假基地和现代农业基地；融入长三角，成为新欧亚大陆桥和长江黄金水道的重要节点；成为联动沿江、沿淮城市群，引领安徽乃至中部崛起的战略增长极；建成全省乃至更大区域范围内的商贸、物流、金融、旅游、会展、信息中心；建成倚山临江抱湖、生态型的和谐区域。

这是一幅令人憧憬的画面。要完成这样的目标，在综合经济实力上就必须力争到2015年，地区生产总值达到7000亿元，年均增长16%以上；占全省经济的比重由2006年的28.9%提高到40%左右。

王金山书记

安徽省十届人大五次会议一组

同时，事关公众生活的基础设施条件也要得到显著改善：交通、水利、信息化等区域基础设施建设取得成效，以合肥为中心的100公里范围内，基本形成覆盖主要城镇、产业集聚区、重要枢纽的“1小时通勤圈”。

城镇化水平大幅提升：城镇密集区及一批功能组团加快建设，大中小城市和小城镇布局合理。到2015年，省会经济圈的城镇化水平达到55%。城乡协调互动发展，差距进一步缩小。

公共服务能力明显增强：区域自主创新能力和合肥科技辐射能力进一步提升，教育资源配置进一步优化，文化卫生和信息化服务水平显著提高，社会保障体系更加健全。

合肥　六安　巢湖　地形示意图

舒城县龙头塔

舒城街景

2009年8月，安徽省委省政府正式下达了《关于加快合肥经济圈建设的若干意见》。合肥经济圈从概念开始向现实延伸。

打开地图，我们可以清晰地看到，在岗冲起伏的江淮丘陵，合肥市恰好居于巢湖、六安两市之中，到达两市的距离都在70公里。在地图上把这三市用线相连，正好形成一个大雁型的格局。

虽然合肥、六安、巢湖三地在行政区划分属上经历过多次微调，但万变不离其宗，山水相连，人文相亲，民风趋同是三地最显著的人文特色。

合肥的肥西县在历史上曾两度划入六安专区，六安的舒城县是唐朝开元年间，由合肥、庐江分拆而置。解放后，巢湖的庐江县曾一度划入六安专区。两地之间形成了你中有我，我中有你的历史格局。自清代以来，由于同根共源的宗族关系被演绎到了极致，直接导致了“三地一府”式的行政隶属关系的存在。当年，巢县、庐江县、无为县合属于庐州府。

淮军将领圩堡

清末淮军鼎盛时，流传这么一句戏言：会说合肥话，就把洋刀挎。李鸿章的家乡人似乎沾尽了中堂大人的光。其实不仅是合肥人说话，“鸡”、“资”不分。整个合六巢地区都是如此。在语言学上，这一片广大的地域，都属于一个名为“江淮官话洪巢片”的方言区。“洪”是指洪泽湖，“巢”是指巢湖。洪巢片的方言尽管有些地域差别，但是在江淮之间，尤为相近。

在变动激烈、色彩斑斓的中国晚清政局中，淮军文化以不同凡响的姿态，深刻影响并推动着中国近代历史发展的进程。由于地缘的关系，李鸿章重用提携了一大批庐州府的将才士人，涌现出了刘铭传、刘秉章、丁汝昌等浴血奋战、抵御外侮以及在推进近代化方面具有历史功绩的名人。作为一种独特的文化现象，由江淮丘陵圩堡建筑为支撑，姓氏宗族为肌理，兼具百年历史的淮军文化，在一定程度上影响和整合了江淮分水岭1600万人的文化认同。

除了淮军文化，庐剧这个地方戏种，更加能够说明合六巢地区山水相接，文化通脉。庐剧原名倒七戏、小倒戏。在安徽因地域不同，形成了上、中、下三路，即3个流派。上路(西路)，以六安为中心 ，音乐粗犷高亢，跌宕起伏，具有山区特色。下路(东路)，以芜湖为中心，音乐清秀婉转，细腻平和，具有水乡特色。中路以合肥为中心，音乐兼有上路、下路两地特色。由于它的流行区域是在皖中古庐州一带，1955年3月，经安徽省委宣传部批准，正式将“倒七戏”改名为“庐剧”。

1957年安徽省庐剧团赴京演出了传统剧目《休丁香》、《借罗衣》、《讨学钱》等，赢得首都各界的好评，并受到毛泽东、刘少奇、周恩来等中央领导的接见。安徽籍的张治中将军和李克农将军也都是庐剧的戏迷。

相同的地域文化，具有强烈的凝聚作用，它能够凝聚某一区域内人们的思想观念。同时，还有一种促进作用，促进人们为了文化的传扬而更加积极地投入到经济建设过程当中。作为文化，它不仅仅可以整合经济资源，同时它还整合大量的社会资源，更重要的是，它可以整合人们的思想观念，使人们在认同的基础上达到促进社会发展，促进经济发展的目的。

无论是从延续历史传承的惯性，还是从当代构筑现实经济发展角度，搭建以合肥为中心，六安、巢湖为两翼的经济圈既涵盖地域学和文化学上的求同意识，也包含经济学上的规模意义，这是经济圈概念的真实注解，更是经济圈概念转换成巨大生产力的终极结论。

从合肥向西70公里，就是皖西大别山门户，六安。

六安城市

“屏障东南水陆通，六安不与别州同。山环英霍千重秀，地控江淮四面雄”。这四句古诗恰如其分地表达了六安的地势雄魄。

淮河平原大景

六安，依山襟淮，承东启西。在18000平方公里的广博地域中，地形多样，形态万千。它的东北，是辽阔的淮河平原，历史悠久，文明灿烂。它的西南，是逶迤的大别山脉，山峦雄伟，物产丰饶。

依山襟淮，承东启西，这是被投资者称道的六安优越的区位。而更令史学家关注的，是这个城市灿烂的历史文化。

梅山水库大景

六安，又名皋城，皋城的得名，源于皋陶。皋陶，与尧、舜、禹同为“上古四圣”，是舜帝执政时期的士师，相当于国家司法长官。皋陶又是上古时期伟大的政治家、思想家、教育家，被史学界和司法界公认为“司法鼻祖”，他的“法治”、“德治”思想，与今天的“依法治国”和“以德治国”有着历史渊源关系，皋陶文化中的司法活动与法律思想对中国古代法律文化有着重要影响。皋陶还被后人神话为狱神，他辅佐夏禹理政、治水和

皋陶墓

发展生产，并为融合夷夏和后来中华民族的形成作出巨大贡献。禹根据皋陶的品德和功劳而举他为继承人，并授政于他。但皋陶未继位即去世，禹便把英、六一带封给其后裔。唐玄宗以李氏始祖皋陶为荣，于天宝二年（公元743年）追封其为“德明皇帝”。

皋陶卓有成效地辅佐了尧、舜、禹三代君主，成为我国先秦史中一位具有深远影响的人物。其创刑、造狱，倡导明刑弼教以化万民的思想为四千多年来我国各个时期制定、完善、充实各项法律制度，奠定了坚实的基础，历史上被人们喻为“圣臣”。

相传皋陶有一只叫獬豸的独角兽，它法眼如炬，能识善恶忠奸。当人们发生冲突或纠纷的时候，独角兽能用角指向无理的一方，甚至会将罪该万死的人用角抵死，令犯法者不寒而栗。皋陶审理案件，遇到疑难，就牵来獬豸，獬豸只触有罪的人。

皋陶死后，葬于这片叫六的土地上，大禹封皋陶的次子冲甄为六的领主，因此六安又叫

皋城广场

楚大鼎

皋城。汉初时，六安属淮南国，淮南王英布谋反，被镇压。后来又有几个淮南王相继谋反，最后也被镇压下去了。

时至西汉，雄才大略的汉武帝，取淮南国境内的六县和安丰两字之首，设立六安国。意思是六地平安永不反叛。

在六安的辖县寿县，陈列在寿县博物馆的楚大鼎，是楚国中期铸造的国之重器，距今已有2400多年历史，代表了当时最先进的青铜器铸造工艺。今天，站在这座鼎的面前，凝重的历史沧桑和浓郁的文化气息扑面而来。据说，楚大鼎的沿口处，至今还有两三处古文字，没人能够辨识。

寿县在历史上曾四次为都，其中最具代表性的就是战国时期，战国后期，楚国迁都到这里度过了它最后的19年，楚考烈王迁都寿春，使寿春成为楚国政治、经济、文化的中心。公元383年10月，东晋迎战前秦，在寿阳（今寿县）淝水取得了中国历史上著名的淝水之战的胜利，改变了北强南弱的局面，开始了南北朝对峙，也留下了“风声鹤唳、草木皆兵”，“投鞭断流”等成语典故。也正是因为寿县是楚国最后的都城，所以楚国把它大量的宗庙的重礼器也迁移到此地，因此寿县的楚国青铜器数量非常之多，其中最具代表性的，就是楚文化的象征物——楚大鼎，于1933年寿县李三古堆楚幽王墓出土。1958年毛主席在视察安徽省博物馆的时候，对楚大鼎非常感兴趣，当年主席绕着鼎走了一圈，而且非常风趣地说：“好大一口鼎，可煮一头牛。”周围的人哈哈大笑。

历史赋予了六安诸多至今仍然值得推崇的中国文化品格，无论是皋陶及其所代表的司法文化所蕴含的实现社会公平正义，保持社会长治久安的普世价值，还是寿春古城及其所代表的饕餮青铜器文化，再或是“六安王墓”中的“黄肠题凑”形制，无不

寿春宾阳门

金寨红军广场

显示出这个城市内在文化的丰厚积淀。

1929年11月的六霍起义为创建鄂豫皖革命根据地立下了鼎足之功，在近代史上写下了光辉的一页。抗战初期，六安以其重要的地理位置一度成为安徽省首府，国共两党的重要机构设驻于此。1938年2月，安徽省抗日民众总动员委员会在六安成立，董必武曾在这里指导和推动抗日救亡运动。

1934年，名闻遐迩的红四方面军和红二十五军就是从大别山走向延安，取得了伟大长征的胜利。全国著名的将军县金寨，至今依然流传着“一百单八将”的红色故事。当年，“10万农民10万军，10万烈士10万血”的红色革命场面壮怀激烈，大气磅礴，书写的是无与伦比的革命历史画面，抒发的是英勇抗争的牺牲精神。1947年，刘邓大军千里跃进大别山，又是这片红色土地上的人民承托起了子弟兵旌旗南向，饮马长江，走向中国革命胜利的光辉道路。

作为这种精神的延续，20世纪50年代，六安人民又一次毁家纾难，移民10万，修成举世闻名的五大水库和淠史杭大型水利工程，使缺水的江淮丘陵从此摆脱了旱魔的侵扰。1951年，毛泽东主席提出一定要把淮河修好，从1952年开始，兴建了佛子岭水库，目的是拦蓄大别山区的洪水，为淮河错峰，减轻淮河的防汛压力。随后，又陆续兴建了梅山、磨子潭、响洪甸、龙河口等五大水库群。从1958年开始，利用这五大水库进行统一规划，决定修建淠史杭灌溉工程，使这五大水库的水资源充分发挥作用。除了发挥防洪作用以外，还要发挥灌溉作用，现在更发挥了城市生活供水的作用，省会合肥的生产生活用水全部来自大别山中的水库群。

清润的大别山水，滋润了江淮大地。六安人民用实际行动传承了红色精神的内涵。

从历史的画卷中走出，那么，当下的六安，又以什么样的面貌迎接这个日新月异的时

红军广场红军塑像　刘邓大军

梅山水库

佛子岭水库

水库泄洪

皖西三大名茶

代呢？

西望六安，郁郁青青的大别山下，是一片生机盎然的热土。六安是安徽省国土面积的第一大市，农副产品产量居安徽省第一位。如今，在皖西的金土地上，五谷丰登，六畜兴旺，以三大名茶六安瓜片、霍山黄芽、舒城兰花而著称的六安原产地品牌，足以令天下品茗人沉醉。当年，六安瓜片曾经是朝廷的贡茶，在清宫大院，曾经有过这样的说法，慈禧太后当时生了同治皇帝，由懿嫔升为懿妃，按清宫内务府定例，生活待遇提高一级，其饮食标准特立一项：每月供给六安瓜片十四两。慈禧的父亲惠徵曾任安徽宁池广太道道员。作为一个在安徽成长的人，爱喝瓜片似乎也在情理之中。

皖西白鹅

皖西白鹅同样在全国知名，气候温和，雨量充沛，稻麦产区，水草丰茂，这些得天独厚的生态环境，使得皖西的霍邱、寿县、金安、裕安等县区，形成了享誉中外的“白鹅王国”。目前，白鹅的群体年拥有量达2000多万只，位居中国鹅种群体之首。皖西白鹅的饲养，已历2000多年。20世纪70年代河南从殷墟中发掘出的玉鹅，即以皖西白鹅为原型；距今

400多年的明代嘉靖年间（1522—1566）对其已有详细的文字记载。六安市以白鹅为品牌，已连续举办了两届国际羽绒节，来自20多个国家和地区的政府代表和客商纷至沓来。旅居匈牙利的华人马良先生，又引进了匈牙利白鹅，在六安开办了一家大型养鹅场，把“鹅产业”做大，羽绒节期间，这里也成为国内外客户参观考察的热点。

千百年来，六安的土地承载了农业文明的大成。它起于皖西人民的勤劳，源于大别山下的生态。

六安城市

六安有三宝：生态之宝、资源之宝、后发之宝。事实上六安，不仅仅有三宝，六安还是一个红色之城，著名的革命老区。同时它也是个绿色之城，因为它的生态环境状况非常之好。六安更是个活力之城，“十一五”以来，六安正在迸发出新的生机。

打造滨水、绿色、文化六安，建立生态六安。在这种理念引导下，历届六安市委市政府都是坚持这样一个原则，在城市的绿化建设上，花大投入，花大力气。六安市委市政府对面的中央公园，如今是六安市民休闲娱乐的好

六安街心公园

六安淠河风光

去处，而在两年前，它还是一块炙手可热的宝地，许多开发商盯着这块地，要进行商业运作，按照当时的土地出让价格，有近十亿元之多。但是，经过市委市政府的慎重考虑，他们放弃了这一大笔诱人的收入，还绿于民，建设起了为六安市民所称道的中央公园。

青山绿水，空气宜人，古老的淠河穿城而过，为这座古城平添了荡漾的钟灵。六安的生态环境、人居环境都走在全省的前列。城市面貌的变化，让生活在这里的人们感到舒适和自豪。

民生投入和经济发展是两条并行不悖的主线，对于一个曾经以农业为主的城市来说，要保持经济民生的可持续发展，以工业强市，是

六安城市俯瞰

不二的选择。在六安市的施政路线图上，最终的指向是成为区域内有影响的工业大市。

力推民营企业，并尽快使他们强壮起来，是六安决策者对工业强市的解读之一。

位于霍山县境内的民营企业应流集团，在优厚的软环境中，迅速成为亚洲首屈一指的阀门铸造商，应流生产的庞大而又精细的铸造产品，源源不断地出口海外。

同样位于霍山县的迎驾集团，依托自然保护区内的大别山无污染山涧泉水，酿造出名酒“迎驾贡酒”，迎驾集团正在构建多元化大型现代化企业集团。

系统集成，是六安决策者对工业强市的

霍山应流企业外景

索伊电器

风景秀美的迎驾集团总部

JAC星瑞齿轮

“合肥百大”旗下的六安金商都

采访张韶春市长

六安市企业一组

霍邱铁矿

第二个理解。工业园区的集聚效应，正在为六安市的经济增长，贡献着举足轻重的分量。六安经济技术开发区吸引了近300家国内外工业企业入驻，产值在亿元以上的企业有11家。以JAC星瑞齿轮为代表的机械制造，以索伊电器为代表的家用电器，以宝利嘉纺织为代表的纺织服装，一个个工业成就，一个个重点项目，使撤地建市十年后的六安，正在由一个农业城市向工业城市嬗变。

六安市长张韶春是力推六安工业化的决策人之一，他说，六安近年来工业飞速发展，十年以前六安亿元以上的企业只有9家。到2010年年底的时候，已经达到了192家，其中仅2010年这一年，就增加了66家亿元以上的企业。这充分说明了六安正处在一个既加快发展且又好又快发展的时候。也充分说明了，在承接产业转移这样一个大的趋势下面，六安具有了独特的优势。也说明了在合肥经济圈这样一个经济共同体里面，六安也有着不可替代的作用。

无独有偶，大自然又一次在发展的关键时

刻给予了六安新的馈赠:据最新的数据，霍邱已经探明的16.5亿吨铁矿石储量，位居华东第一。

大山深处的金寨，探明的巨型钼矿，储量超过220万吨，位居世界第二，潜在经济价值超过6000亿元人民币。

资源的丰盛，为今后的发展提供了难以估量的价值和机会。

通过钼矿的开发，对带动金寨县，甚至六安市的经济发展，具有重大的影响。六安市的霍邱县正是由于铁矿资源的开发，近几年经济发展速度比较快。

在六安崛起的大背景下，又好又快正在成为六安精神面貌的表征，地处中国经济最具发展活力的“长三角”腹地和四通八达的立体交通网络，作为皖江城市带承接产业转移的六安市具有重要的战略意义。六安未来良好的区位交通优势，被六安人形容为承东启西，左右逢源：目前六安市有G312、G206、G105三条国道以及G40、G42等五条高速公路越境，已建成的有合武高铁和宁西铁路两条铁路。在建的有宁西铁路复线和阜阳至六安两条铁路，准备在建的还有六安—安庆—景德镇铁路建设，六安—庐江铁路项目前期工作，合肥—六安城际等三条铁路，推进与经济圈各市之间的快速通道和经济圈环形交通网络建设，继续强化六安的交通枢纽地位。

合肥新桥国际机场的建设，拉近了六安和国内城市之间的距离，也拉近了六安和国际交往的距离。事实上，新桥国际机场，到六安的中心城区，也就是半个小时的车程。

六安高速公路

铁路动车

皖西境内有7条较大的河流，水运通航里程1029公里，常年可通航50吨～100吨级轮驳船。六安港是安徽省重要港口，是皖西地区综合运输体系重要组成部分，是六安及周边地区经济发展、临河产业布局、矿产资源及水上旅游资源的重要依托，是以金属矿石、矿建材料等大宗散货运输为主，兼有旅游客运的综合性港口，具有装卸仓储、运输组织、旅游服务等主要功能，逐步拓展港口现代物流功能。

在长三角产业不断升级和安徽参与泛长三角合作的条件下，伴随着老区崛起的呼声，六安正凭借着良好的区位优势、交通优势、资源优势和产业优势，成为合肥经济圈的资源重镇、承接产业转移基地、制造业基地以及休闲文化后花园。六安市在合肥经济圈的整体定位是：六安市区成为泛长三角洲大都市圈——合肥经济圈的副核心，鄂豫皖边际地区中心城市，安徽省西部现代化中心城市，成为泛长三角地区与合肥经济圈钢铁、农副产品加工、建材和电力四大产业链的延伸承接基地。

向东发展，靠近合肥，两个历史上亲亲相续的城市，再次拥抱，在312国道合肥与六安的交界处，是六安重点打造的合六工业走廊和六安市产业承接集中区，主动融入合肥经济圈，加入大循环，牵手兄弟城市，抢抓历史机

六安淠河

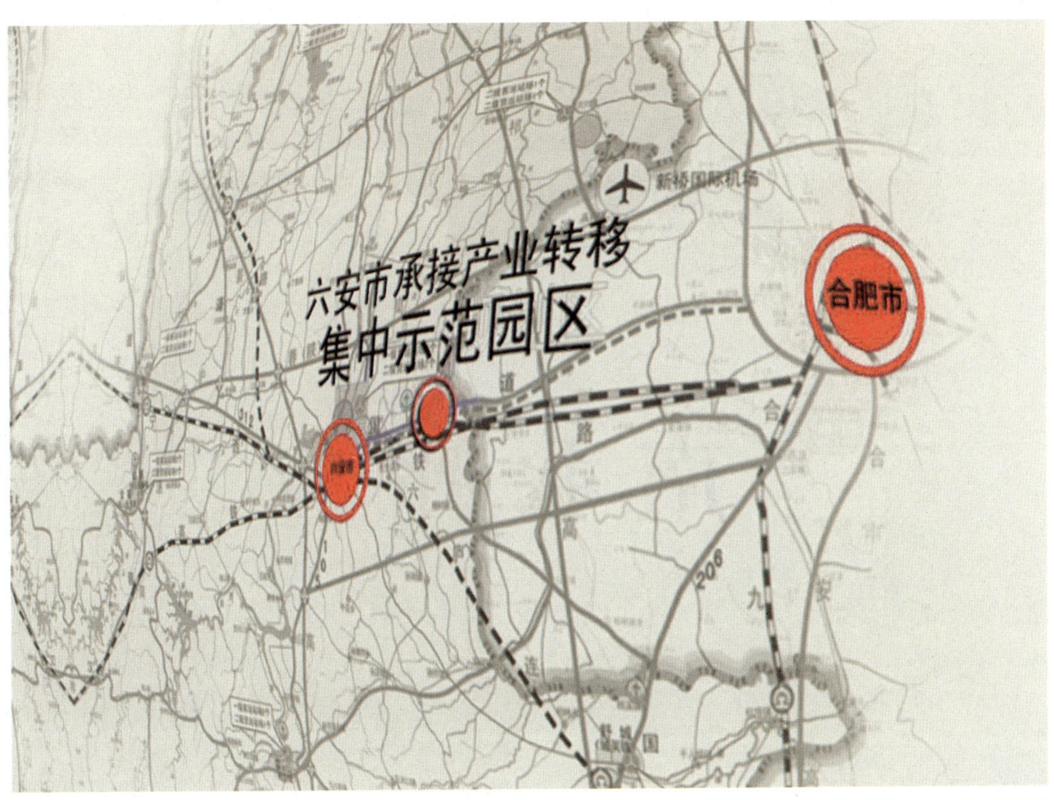

合六工业走廊示意图

遇，更是放眼未来，重塑新六安形象的又一次蓝色畅想。

山水相接、情感同脉。合肥经济圈里的六安呈现的何止是山清水秀，它是一幅用五彩编织的与时俱进的美丽图案。

合肥经济圈的大手笔自六安始，它像一只羽翼未丰的雏鹰，正在跃跃欲试，一飞冲天。这是一条通向未来、无有止尽的理想之路。

南北呼应

2008年元月，安徽大地银装素裹，瑞雪纷飞。中共中央总书记胡锦涛在时隔9年之后，再次来到安徽视察。

在安徽视察期间，胡锦涛总书记指出：“安徽要充分发挥区位优势，自然资源优势，劳动力资源优势，积极参与泛长三角区域发展分工。主动承接沿海发达地区产业转移，不断加强同兄弟省份的横向经济联合和协作。”

短短的几十个字，对于没有长三角“俱乐部”门票的安徽来说，意味深长。这是党和国家领导人在公开场合第一次提到“泛长三角”概念，而且要求安徽“积极参与”、“主动承接”。这不仅是对安徽多年来东向发展、融入长三角战略的肯定，更预示着泛长三角区域全面合作的前景呼之欲出。

胡锦涛总书记视察安徽合肥（合肥电视台提供）

经济学家认为，中国改革开放始于沿海地区，经济和社会的发展，都走在了全国的前列，安徽要实现“十二五”的目标，必须要承接产业转移，实现转型，承接产业转移主要是承接来自沿海东部地区的转移。更直观地说，是要承接长三角地区的生产要素转移。

上海金茂大厦

安徽开始面对一个从未有过的机遇。安徽能否抓住这个机遇，在即将来到的“泛长三角时代”和迎接产业转移战略中，进入一个又好又快发展的新阶段呢？

答案已经有了。那就是正在快速发育的合肥经济圈。

合肥经济圈，无论从地理位置还是经济关联上看，与长三角无缝对接的条件非常优越，地区合作已具有相当的基础，有能力成为参与构建泛长三角的重要力量，并发展为引领安徽地区融入长三角的重要增长极。

苏州新区

具备了优越的区位条件，还须做大体量、壮大力量。近两年，合肥经济圈的内涵和外延，在成长中不断发生着深刻的变化。随着淮南、桐城两市的主动加入，经济圈的规模、实力得到了再一次的扩容和升华。

走千走万，不如淮河两岸。1952年，淮南建市。一个由煤而起，缘媒而兴的城市，展现在千里长淮。

淮南市，距合肥120公里，以汉朝淮南王刘安“一人得道，鸡犬升天”的典故而闻名华夏。

淮南城市鸟瞰

汉高祖刘邦的嫡孙，史称淮南王的刘安，是个悲剧人物，一个研究道家思想的人，本该修身养性，清静无为，但他却卷入了一场未遂的政变。这个西汉皇族谋反不成，畏罪自杀。

西汉时，汉武帝强力推行的“罢黜百家、独尊儒术”的统治思想，和刘安推崇的“无为而治”的道家学说南辕北辙。因此，刘安在广置门客进行“学术研讨”的同时，也在不断地积蓄力量，为有朝一日的谋反做着准备。

淮南王宫

不过，刘安的谋反还没有来得及实施，便由于门客雷被的告状，以及门客伍被、孙子刘建的告密而画上了句号。

在刘安招募的数千门客中，有8个人最具才华，他们分别是苏非、李尚、左吴、田由、伍被、毛周、雷被和晋昌，这8个人号称是淮南王府上的“八公”。其中雷被是一位剑艺精湛的剑客，正忙着“削藩”的汉武帝，早已对刘安的所作所为有所耳闻，因此雷被这一状正好告对了时候，汉武帝顺水推舟，剥夺了刘安的封地。

刘安像

“八公”中的另外一位门客伍被，在得知刘安准备谋反时，在多次劝阻无果后，也将刘安谋反一事密报给了朝廷。

就在刘安面临生死存亡的关键时刻，他的孙子刘建又跳了出来，朝自己爷爷的心窝上狠

淮南八公山

狠地“捅了一刀”。刘建的父亲刘不害因为是庶出，很少得到刘安的宠爱，长期心存怨言。此时，他那个“没长脑袋”的儿子刘建，竟然也跑到了长安城告起状来。刘建的目的原本是想陷害太子刘迁，让自己的父亲当上淮南王的继承人。只是他没有想到，这一状恰恰将自己的爷爷送上了黄泉路。

刘安像

公元前122年（汉元狩元年），汉武帝以刘安“阴结宾客，拊循百姓，为叛逆事”等罪名，派兵进入淮南，从刘安家中搜出了准备用于谋反的攻战器械，和用来行诈而伪造的玉玺金印，自知罪无可赦的刘安被迫自杀，而与他串通一气的衡山王刘赐闻讯后，也自杀而亡。

刘安死后，朝廷严厉追究此事，因此而受牵连被杀者多达数千人。此后，汉武帝下诏废除了淮南国，将淮南故地改为九江郡，收归中央，淮南王宗族至此覆亡。

淮南王刘安带着满腹的怨恨和遗憾，匆匆走上了不归之路，但这位博学之士却为后人留下了一份宝贵的精神财富——被近代学人梁启超称誉为“汉人著述中第一流”的划时代巨著

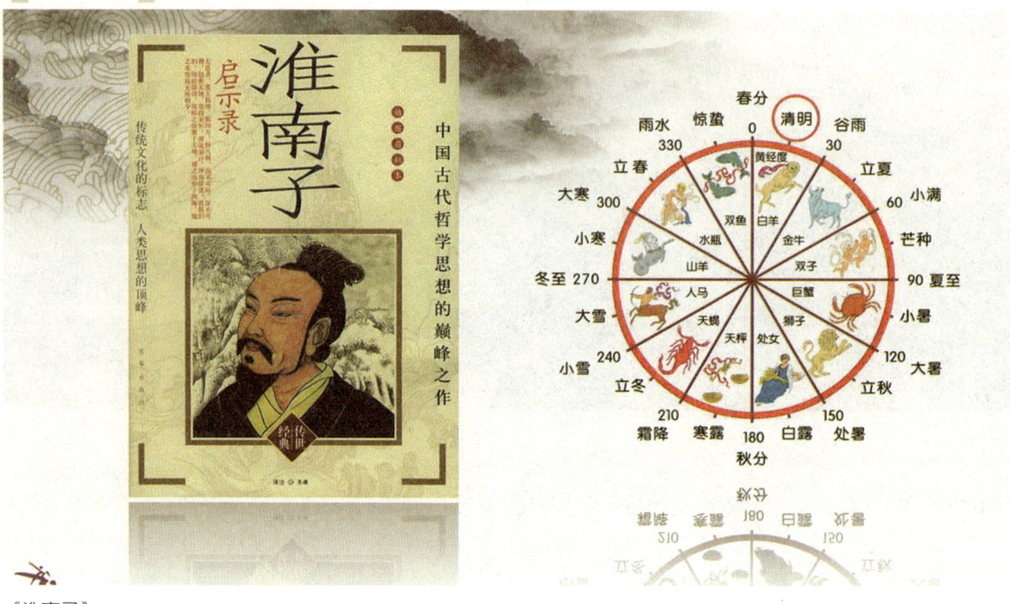

《淮南子》

豆腐制作流程

《淮南子》。

这是一部以道家思想为主，糅合了法、儒、阴阳诸家之和的论文集。《淮南子》共有“内书”21篇、“外书”33篇和“中书”8卷，全书以道家思想为主轴，内容包罗万象，涉及政治学、哲学、伦理学、史学、文学、经济学、物理、化学、天文、地理、农业水利、医学养生等多个领域，是汉代道家学说最重要的一部代表作。对后世研究秦汉时期文化起着重要的作用。

作为《淮南子》的副产品，“一人得道，鸡犬升天”的成语和豆腐的问世，反倒成为民间津津乐道的话题。

在淮南豆腐博物馆，豆腐的生产工艺和流程，被演绎得清清楚楚。

在史学家眼里，淮南远古的交通设施——鄂君启节大道，和淮南子一样，至今仍然闪烁着智慧的光芒。

远在公元前323年（楚怀王六年），安徽就建成一条连接河南，长达数百里可供车行的陆地——“鄂君启节大道”。这是世界历史上最早有明确、系统、完整文字记载的陆路交通线，它比著名的公元前300多年修建的古罗马亚平大道还早11年。

鄂，是楚国的代称，鄂君启节大道从今天的凤台河东经寿唐关、郝家圩孜，然后进入淮南，再入长丰，再到合肥。

鄂君启节大道是中国最早的南北交通路线，它反映了当时的安徽是古代中国重要的南北交流的地区。

1957年4月，在寿县东津乡出土的鄂君启节，是战国时楚怀王发给他的至亲在这条路上的通告符节（通行证件），持此符节，不仅可以免税，还可享受沿途的接待。

节是古时由帝王或政府颁发的用于水陆交通的凭证。就形制而言，有虎形、马形、龙形、竹节形。早期的节是剖竹为之，《周礼·小行人》中有所记载。后来虽用青铜铸造，但仍多取竹节之形。

鄂君启节共出土5件：舟节2件，车节3件，合在一起则呈圆筒状。节面文字错金，各有9行，舟节163字，车节154字。据铭文记载，其铸造时间是楚怀王六年（公元前323年），为怀王颁发给封地在今湖北鄂城的鄂君启于水陆两路运输货物的免税通行证。铭文还严格规定了水陆运输的范围、船只的数量、载运牛马和有关折算办法，以及禁止运送铜与皮革等物资的具体条文。

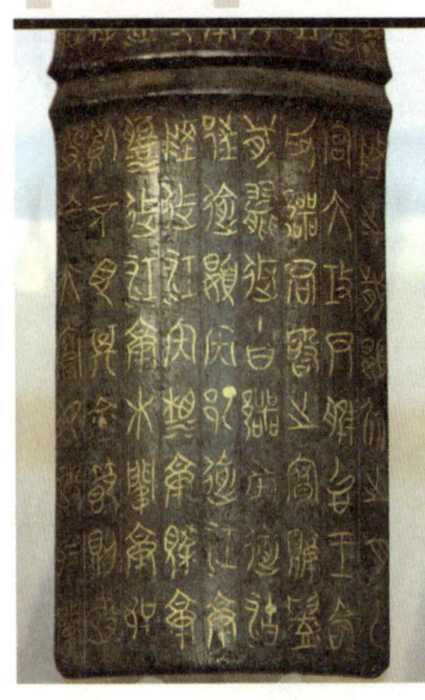
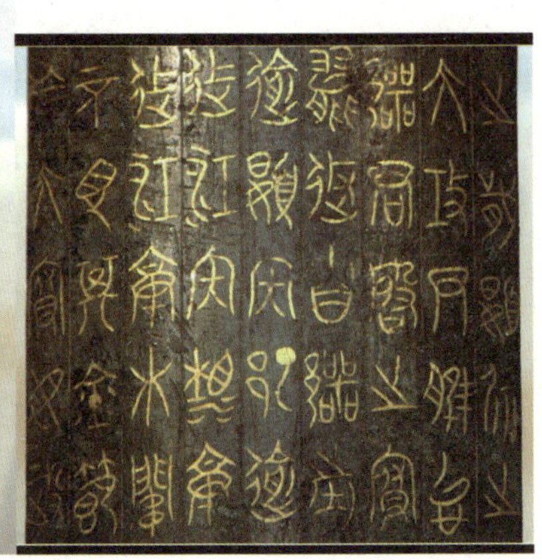

鄂君启节

在生物学家看来，“淮南虫”打破了生命起源时间的固有学说。据专家介绍，人类是三胚层细胞结构生物。五脏六腑为内层，肌肉、血管为中层，皮肤毛发为外层。“淮南虫”也是三胚层细胞结构生物，只不过甚为简单。从细胞学的角度来说，“淮南虫”与人类的发育有相同之处。在“淮南虫”出现之后，动物逐渐从无脊椎形态进化为有脊椎形态，先是在海里生长，后来爬上了岸。

多细胞生物的化石，过去曾在澳大利亚埃迪卡拉5.4亿年前形成的岩石中发现，“淮南虫”所在的岩层结构，早在7.4亿年以前已经形成，因此国际古生物学界有充分的依据认定，“淮南虫”是迄今为止发现的年代最早的多细胞生物。

1984年莫斯科国际地质大会，将“淮南虫”定名为“地球上的生命鼻祖”，八公山则被公认为“地球上的生命起源”。这个发现，把达尔文《物种起源》关于生命起源不足6亿年的提法向前推进了2亿多年。

地质学家的惊喜，在于淮河平原下那丰厚的煤层。淮南大地蕴藏着宝贵的资源，

“淮南虫”爬行遗迹

尤其是煤炭资源极为丰富。淮南煤田是中国黄河以南，特别是中国东南地区资源条件最好的煤田，也是规模最大、最后一块整装煤田。远景储量444亿吨，探明储量153亿吨，约占安徽省的71%，华东地区的32%。具有低硫、低磷、高挥发、高发热、富油等特点，是理想的动力煤和煤化工原料。

近年来，淮南市委、市政府超前谋划，大力发展煤炭工业。是全国13个亿吨煤炭基地之一。淮南由此被称为“建在金库上的城市”、“华东工业粮仓”。高大的井架，花园式矿区，现代化采矿技术，孕育出意境不凡、寓意丰富、创新开拓的“煤文化”，成为淮南一道不可或缺的风景。

淮南煤矿输送带

淮南的发电装机总容量已达到1000万千瓦，发电总量460亿千瓦时以上，是全国6个煤

顾桥煤矿

电基地之一，也是新中国电力工业“摇篮”。“皖电东送”再一次把淮南推到了时代的前台，承载着安徽崛起与东进梦想的第一缕电光，从淮南输出，绽放在长三角地区的夜空。淮南新上马的火电机组占“皖电东送”总装机量的85%以上，是“皖电东送”当之无愧的“领军主力”。截至2009年底，淮南的发电装机总容量已达到1000万千瓦，发电总量460亿千瓦时以上。到2020年，将建成装机总容量达到2000万千瓦时的火电基地，发电能力将超过长江三峡水电站，成为名副其实的“火电三峡”。

白色的豆腐和蓝色的“淮南虫”、黑色的煤炭、红色的火电、绿色的生态，共同构成了五彩缤纷的淮南。

厚重的历史文化和天赋的自然遗产为淮南留下了宝贵的财富。五彩的交织和现实的碰撞，推进着新淮南在现代中国前行的节奏。

1984年淮南市和重庆、大连、青岛、无锡等城市一起被国务院批准为

淮南电厂

“较大城市”，享有地方立法权；1985年被国务院批准为对外开放城市。改革开放以后，淮南市的工业经济取得迅速发展，形成了门类比较齐全的工业体系。淮河南岸的小城，逐步成为全国13个大型煤炭生产基地之一和6个煤电基地之一，是名副其实的电煤大市。

和国内其他资源型城市一样，随着时代的发展和形势的变化，淮南市面临着伴随煤产业辉煌而带来的窘境：产业结构单一、经济结构失调、城市功能不完善、生态环境压力加大，走向可持续发展的入口一度陷于迷雾之中。

淮南城市俯瞰

渴望突破的淮南，在反复不断调整中，努力地寻找可持续发展的道路和机遇。

踏破铁鞋无觅处，其实机遇就在眼前。

淮南是典型的资源性城市，要避免矿竭城衰，必须突出重围，转型发展，转型就要发展非煤产业，非煤产业就要空间，那么向哪里发展呢？有人说向东发展，东面是蚌埠，两个体量相差不大的城市距离太近，产生不出效果；那么向北发展，北部淮河以北地区是采矿塌陷区，没有坚持的条件；向西发展呢，西面是淮河、水坝、蓄洪区；那么只有向南发展，这是它的空间。在政策层面上，由于淮南地处两大区域板块节点的特殊位置，一度出现区域政策绕着淮南走的状况，淮南虽是皖北城市，但在重点扶持皖北发展的三市七县中，淮南不在其列；同时，淮南又不是皖江示范区的成员市。这样一来，淮南就进入两边政策的夹缝中。而合淮同城化的提出，让淮南创造性地走出这种尴尬，直接进入到承接产业转移示范区中，进

淮南淮河对面城市

而融入到一个更大的区域政策体系中。

更进一步放在皖北与长三角的大区域范畴来看，合淮同城化战略是推进淮南与长三角融合最有效的“跳板”，给皖北内陆城市主动接受沿海发达地区辐射塑造了“曲径通幽”的样板。

相比长三角，合肥近在咫尺，瞄准省会、接轨合肥、借势发展。

就在合肥经济圈方兴未艾、蓬勃发展的时候，2007年11月，淮南市提出实施“合淮同城化”战略，得到安徽省委、省政府的认可和支持以及合肥市积极响应。合淮同城化，被看做是淮南融入合肥经济圈的一个重要步骤。合淮同城化有利于壮大合肥经济圈规模，应对区域竞争。

淮南城市街道

淮南市委书记杨振超是合淮同城化的坚定推进者，他回忆说：2008年的时候省里面人代会召开。在人代会上，正式批准合肥淮南实施合淮同城化。那一旦形成同城化，那我们就自然加入了省会经济圈。后来省委省政府正式确定叫合肥经济圈，并且在圈子里面由过去的三个城市又加上两个城市：一个是淮南；一个是桐城。所以这个战略的实施，是淮南的人心所向，也是淮南的未来走势所向，也是地域经济共同发展的需要，更是地域竞争力的必然需求。

采访杨振超书记

淮南主动融入的前提，是省会合肥具备了辐射引领的能力，如果用历史的眼光看，这更是一种必然。自古以来合肥淮南两市就密不可分。在某种意义上说，经济圈，更是历史文化圈。

合肥三国新城遗址

两汉时期，合肥与淮南同属淮南国封地。三国后期，魏文帝先后封其子曹邕及其弟曹彪为淮南王，魏明帝青龙元年（233年）移治合肥新城。东晋改合肥为汝阴县，属淮南郡。

吴楚文化、西汉文化，淮南与合肥一脉相承。新中国成立后，合肥与淮南两市的商贸文化交流更加频繁。2004年，国务院对合肥淮南进行区划调整，将合肥市长丰县的七个乡镇划归淮南，更加使两地你中有我，我中有你。这次区划调整使诸如产业结构调整、土地集约经营使用等问题得到了解决，淮南市有了新的发展空间，长丰有了新的发展机遇。淮南的力量，长丰的机遇，这是双方都愿意看见的事情。经过七八年的发展,长丰的北部地区，老百姓的生活水平大步提高。而淮南市的发展空间更大了，形成了多赢的格局。

合肥市长丰县

舜耕山，曾经是长丰县和淮南市的界山，

现在，舜耕山以南，一个崭新的山南新区，初见雏形。

“展一幅梦幻画卷、拥一座山水之城”，在《魅力山南》宣传画册的第一页上，一幅氤氲青岚的水墨画，将山南新区呈现出来。美国城市学家雅各布斯在《美国大城市的死与生》中这样写道：“一个城市，它承载了创造者的梦想、渴望和骄傲。”对淮南来说，山南新区就是淮南构建两型城市的梦想、渴望和骄傲。2009年3月，淮南大建设正式拉开序幕，硬化、绿化、亮化、净化、智能化和文化“六位一体”的理念，凸显了淮南在老城区改造上的智慧。尤其是绿色淮南，让外界改变了对一座煤炭城市傻大黑粗的传统思维。

舜耕山

淮南市山南新区的规划是：建设“现代淮南、文明淮南、生态淮南”的总体目标，制

淮南山南新区

合肥新桥机场

定“东进、南扩、西调、北连”的空间发展战略，勾画“三山鼎立、三水环抱、三城互动”的空间形态。

山南新区，不仅是淮南市建设现代化大城市的一个标志，它更是南融合肥经济圈的桥头。依托山南新区，淮南市正在着手修建新的合淮大道，打造合淮工业走廊。目前合淮工业走廊规划已经完成了。它以高科技项目和高载能项目，以及其他的战略性新兴项目为主。建设这样一个工业走廊，将促进合肥的部分产业向淮南转移，淮南的优势得到发挥，达到双赢的效果。

一个城市的独唱，变为两个城市的和声。淮南市着手进行与合肥的交通对接：九龙大道、舜耕大道、合淮大道，包括206国道改造，已经投入使用的合淮阜高速公路，修建中的合蚌铁路客运专线，和即将竣工的新桥国际机场，规划中的合淮城际轻轨建设以及其他道路建设，编织成一个立体交通网，淮南的对外交通开始了一次史无前例的系统升级。

商业和贸易的密集交流，从另一个方面促进了经济的发展。合肥的大型商场在淮南开设分店，带来新理念和竞争格局。商业人士认为这样的格局对淮南商业的不断竞争、不断提升和促进，起到很大的推动作用。

在繁华的背后，闪动着的是浓浓的绿茵。如今洗尽了尘埃的淮南，环境优美，生活祥和。一座能源城，悄然转身，成为国家园林城市，中国优秀旅

淮南商之都

淮南街头舞者

淮南煤机

淮化集团

游城市。山清水秀，宜居宜业的新淮南，在2011年6月18日，被联合国环境规划署授予“中国区环境规划示范城市”奖。

“十一五”淮南市所规划出来的所有目标，全部提前一年完成。经济总量突破了600亿；财政收入突破了100亿；结构调整提出新战略：立足煤、延伸煤、不唯煤、超越煤。从2009年7月以来，跳出煤炭看淮南，在深煤、非煤等方面，开始打出精彩的产业牌。过去的煤、电、化三大产业，变成了煤电化、机械装备、生物医药、纺织、高科技、文化、旅游等多产业发展。一个现代化煤炭型、资源性城市正处在科学发展、转型发展之中。

“十二五”又是一个新的起点，淮南市将大力实施新型工业化、新型城市化、城乡一体化、合淮同城化、创新推动、可持续发展“六大”战略，推进转型发展、绿色发展、开放发展、安全发展、和谐发展，在经济总量等指标上要实现翻番，“十二五”末地区生产总值达到1300亿元以上，进入千亿元城市行列；财政总收入翻番，达到260亿元；城镇居民人均可支配收入和农民人均纯收入翻番，分别达到30000元和10000元。全社会固定资产投资5年累计完成6000亿，力争7000亿元。四个提高，即：工业化水平明显提高，新型工业化速度加快，经济结构和产业结构进一步优化；城市化水平明显提高，城市现代化和城乡一体化进程加快，城市功能不断完善，城镇建设步伐加速，到“十二五”末城市化率达到70%，三产增加值占全市生产总值的比重达到31.5%；生态环境质量明显提高，生态体系建设取得显著成效，单位生产总值能源消耗完成调控目标，工业固体废弃物综合利用率达到95%；群众幸福感明显提高，居民收入增长和经济发展同步、劳动报酬增长和劳动生产率提高同步，社会保障体系更加健全，居住、交通、教育、文化、卫生和环境等方面的条件有较大改善，城镇登记失业率控制在4.3%，人口自然增长率控制在7.6‰以内，采煤沉陷区综合治理取得重要进展，社会治安和安全生产状况良好，民主法制建设取得新成效。

焦岗湖

淮南煤机

同时，淮南市还将推进安徽省煤化工基地，淮南生物工程及新医药高新技术产业基地和安徽煤矿机械装备制造基地三个重要基地建设。

在绚烂的规划指导下，淮河流域将呈现一个依山傍水、滨河滨湖、宜居宜游、宜学宜业的现代化中心城市。

站在历史的转角，把淮南投放到更深层的背景中，它将是合肥经济圈连接和带动皖北的重要节点。

合肥经济圈现在的发展，还没有真正对皖北的经济发展起到带动作用。皖北的经济发展一直规模不大、层次不高，需要一个中心城市的带动。如果合肥经济圈带动不起皖北，那么皖北就有可能在安徽被边缘化，就会造成省区经济的一个整体的分割。因此，合肥经济圈未来对皖北经济的带动，应该成为一个很重要的任务。带动皖北的途径之一，就是先走合淮同城化，从合淮开始向皖北延伸。

新笔渲染的五彩淮南，将在未来打开最富魅力的妆容。

淮南市

桐子起舞

“为救李郎离家园，谁料皇榜中状元”。

这段耳熟能详的黄梅戏唱段，是严凤英的佳作。1955年，一部黄梅戏电影《天仙配》，在全国引起了轰动，奠定了黄梅戏成为四大剧种之一的基础，同时也使年轻的“七仙女”严凤英在全国闻名遐迩。很少有人知道，严凤英是桐城人，那么，谁又能知道，黄梅戏是在桐城以桐城歌的形式发展而起的呢？

黄梅戏剧照

黄梅戏史论家陆洪非先生说：安徽的桐城歌也是很早就传到黄梅一带。正是由于桐城歌流布湖北黄梅一带后，给当地的黄梅采茶调提供了丰富的文学食粮；充实提高后的黄梅调进入安徽安庆后，由于桐城歌的再次融入，引发了黄梅调向黄梅戏的急遽嬗变。

严凤英像

生于桐城罗家岭的严凤英，是黄梅戏剧史

黄梅戏剧照

上的一个里程碑。《天仙配》、《牛郎织女》、《女驸马》、《江姐》等一系列经典剧目，令严凤英名噪大江南北。在严凤英的家乡桐城，“黄梅戏韵飘街巷，花腔平词两相闻”。

历史在不经意间，为当年那个只是山民哼唱的“黄梅采茶调”在江淮之间挣得了好身份，成为国剧大戏之一。而浸濡于乡土文化中的黄梅，在桐怀乡间落地生根所结出的文化正果，正是江淮文化博大融合的时代体现。

桐城有个著名的家族，父子两代为相，这就是张英、张廷玉父子。

据《桐城县志》记载，清代（康熙年间）文华殿大学士兼礼部尚书张英的老家人与邻居吴家在宅基的问题上发生了争执，两家大院的宅地都是祖上的产业，时间久远

六尺巷门头　现位于桐城市区西环城路省康复医院内

了，本来就是一笔糊涂账。想占便宜的人是不怕算糊涂账的，他们往往过分相信自己的铁算盘。两家的争执顿起，公说公有理，婆说婆有理，谁也不肯相让一丝一毫。由于牵涉到宰相大人，官府和旁人都不愿沾惹是非，纠纷越闹越大，张家人只好把这件事告诉张英。家人飞书京城，让张英打招呼“摆平”吴家。张英大人阅过来信，只是释然一笑，旁边的人面面相觑。只见张大人挥起大笔，一首诗一挥而就。诗曰：“一纸书来只为墙，让他三尺又何妨。万里长城今犹在，不见当年秦始皇。”交给来人，命快速带回老家。家里人一见书信回来，喜不自禁，以为张英一定有一个强硬的办法，或者有一条锦囊妙计，但家人看到的是一首打油诗，败兴得很，后来一合计，确实也只有“让”这唯一的办法，房地产是很可贵的家产，但争之不来，不如让三尺看看。于是立即动员将垣墙拆让三尺，大家交口称赞张英和他家人的旷达态度。张英的行为正应了那句古话：“宰相肚里能撑船。”宰相一家的忍让行为，感动得邻居一家人热泪盈眶，全家一致同意也把围墙向后退三尺。两家人的争端很快平息了，两家之间，空了一条巷子，有六尺宽，也有吴家的一半，这条几十丈长的巷子虽短，留给人们的思索却很长。于是两家的院墙之间有一条宽六尺的巷子。六尺巷由此而来。

六尺巷虽说是民间故事，但确实是清代中期发生在桐城的真人真事，并广为流传。“一纸书来只为墙，让他三尺又何妨？”宽容礼让的传统美德，几百年来深刻影响着人们的思想道德和行为规范，在当今构建和谐社会中有着

六尺巷故事壁画

吴汝纶

潘玉良

积极的现实意义。1956年中苏关系恶化，毛泽东接见前苏联驻华大使尤金时，引用了六尺巷故事中“万里长城今犹在，不见当年秦始皇”的两句诗。毛泽东希望从历史的格言里面，寻找一种缓和关系的途径。六尺巷的故事由此更为家喻户晓。

桐城，接江趋淮，河埠陆驿自古车水马龙，素有“七省通衢”之称。得天独厚的地理位置和悠久的历史文化积淀，不仅造就了享誉文坛300年的桐城派文学，更造就出桐城一大批江淮才俊。明末大思想家、科学家方以智堪称“十七世纪无与伦比的百科全书式”的大学者；以戴名世、方苞、刘大櫆、姚鼐为代表的桐城派拥有作家1200余人，创作传世作品2000余种，是中国文学史上迄今为止时间最长、作家最多、影响最大的散文流派。高中和初中课本中的《登泰山记》、《左忠毅公事》、《狱中杂记》、《义理考据辞章》等，都是桐城派代表之作。连曾国藩都自称是桐城派弟子。“天下文章其在桐城乎”，一句感叹，万种风情。

章伯钧

黄镇

文风昌盛，传承至今。著名教育家吴汝纶、美学大师朱光潜、农工民主党创始人章伯钧、外交家黄镇、画家潘玉良等等，桐城名人辈出。不但过去，即使是今天，也无愧于“文都”的称号。桐城的院士、博导、教授、大学生、出国留学的占全市人口的比例在全国近2000个县级区域中是最高之一。

桐城中学

“天上九头鸟，地上湖北佬，三个湖北佬，抵不上桐城佬”。这句戏言据说还是与安徽相邻的湖北人发明的，其中除了湖北人“两湖熟、天下足”的豪情以外，还含有对桐城人

桐城河边

桐城文庙

桐城俯瞰

聪明的揶揄和桐城“文气”的嫉妒。

这句民间俚语，实际上是对桐城文化的一种肯定。桐城人肯学，肯钻，非常勤奋，从这一点上面来说，在全国也是数得着的。

桐城古城区为桐城市（县）治所在地，已有1200余年历史。古城坐北朝南，背依玉屏、投子、龙眠三山，旁挟石河、龙眠二水，山光水色，分外妖娆。古城初名山城，民国时改为孟侠镇，新中国成立后定名为城关镇。古城建造典雅，曲折回旋，有“七拐、八角、九弄、十三巷”之称。城中保存完整或经修复的古建筑有：宏伟壮观，体现桐城文化特色的“桐城文庙”；飞檐翘角，体现明清建筑特色的“东南二老街”；造型精美，具有江南风韵的“告春及轩”；五垛四孔，横跨龙眠河上的“紫来桥”；幽静肃穆，仿佛置身仙境的“净土莲社”；千年不涸，富有传奇色彩的“仙姑井”等等。

桐城依山夹水，朴素沉稳。在山光水色中，文都的气质一览无余。在著名的《狱中杂记》等桐城派散文中，以方苞为代表的封建社会的桐城士子，无论境遇乖逆、磨难几何，仍然保持中国知识分子的风骨，保持一种自强不息，一种铮铮铁骨，无愧于“社会良心”的称号。这些士子及其精神，构成了一股向上的力量在历史深处闪光。

如同孔城老街那一眼望不到头的崎岖石板，翻过历史的一页。从“放下锄头、走街串巷、馄饨挑子、补锅担子”开始。桐城人率先在当代发展经济的道路上创造过许多“第一”，20世纪80年代，安徽的乡镇企业在桐城率先兴起，桐城人以十万大军跑供销的创举，铸造了发展乡镇企业排头兵的美誉。“三个推销的，二个桐城佬”，就是当时市场的真实写照。不管什么场合，操着“桐普”、拿着样品的桐城人在眉飞色舞地宣传乡镇企业生产的初级产品，只要是有中国人的地方，就有桐城的推销员。他们甚至跑到西藏、新疆去推销乡镇企业的产品。商品经济的意识是比

孔城老街　现位于桐城市孔城镇

较超前的。在当时乡镇企业发展的形势比较好。说到底，桐城发展乡镇企业也是被逼出来的，桐城是一个人多地少的地方，大批农业的劳动力没有地方去转移，只有走工业化的道路，发展乡镇企业。

桐城广告牌

然而，当时所谓的企业，实在是非常微型。桐城当地的企业家、大自然集团老总刘先胜回忆说，在80年代，桐城还谈不上什么企业。更多的是一些作坊型的、加工型的小厂。那时候，桐城出产的，都是一些低端产品，附加值低，档次不高。像塑料袋、刷子、小配件、小瓶盖。钱是能挣到一点，但企业发展的规模不大，桐城第一批下海的人自嘲，我们只顾推销挣钱，忽略把更先进的东西引进来。

桐城大自然商店内

30年过去了，以草根经济为代表的桐城工业，曾经轰动一时的桐城乡镇企业由于缺乏大市场意识、不重视先进技术以及产品相对比较单一初级等原因，在关联程度密集的经济一体化大潮中，落后于浙江乐清、广东中山等后起之秀的县级体。

如果说，经济发展的战略空间狭窄，缺乏资源支撑本来就会使桐城经济以粗放型、外向型为出发点的话，那么人才、科技、资金、能源、信息、项目、基地等经济发展要素的缺失更是加剧了这种差距被不断扩大。加之在旧的行政区划格局中，桐城经济不得不面临发展边缘化的困境。经济学者分析，90年代中期以后，为什么乡镇企业发展受到了一些削弱，走下坡路了呢？主要是大环境改变了，而桐城乡镇企业自身没有与时俱进，作相应的调整。所以，面临着大幅度的下滑。

桐城大桥

经济专家指出，安徽的经济发展一是要实行大都市带动经济发展的模式，二是城市经济圈加县域经济，才能更好地促进增长。文都桐城的经济增长模式，必须适应新的变局。经过慎重的审视和考量，2008年，隶属于安庆的县级市桐城，突破行政区划的藩篱，向北靠拢，积极融入合肥经济圈。

桐城俯瞰

融入省会经济圈是推动桐城市经济发展的最佳选择。拿到入围的门票，桐城凭借的是厚积薄发的文化软实力和敢为天下先的勇气。

六尺巷内诗

桐城市委书记王强笑称，桐城的发展模式叫："两头在外，全靠脑袋"，相对来说，资源贫乏一些。但是，换句话说，文化也是资源。桐城现在进行的就是这种战略。以文化为资源、为基础资源的一个战略。王强认为，在知识经济时代，在文化产业日益成为经济产业这么一个时代，桐城最大的优势，最大的条件就是文化。

桐城企业一组

桐城　丹凤

桐城　乐健大门

对于文风昌盛的桐城而言，文化软实力是一核，工业经济的快速发展，是另外一核。双核驱动，以民营企业为突破的桐城经济格局，伴随着扩权引智、招商引资等重大改革措施的推出和桐城市“十二五”发展规划的出台。桐城已经在包装印刷、机械制造、家纺服装、化工建材、农副产品加工等方面形成规模。

民营经济发达是桐城市的特点。桐城近年来逐步深入推行企业改制，从明晰企业产权入手，全面释放创业主体的能量。通过整体转让、拍卖、出售和摘帽换牌，实现了政企分开、产权明晰、权责利分明。改制中，1000多家企业由“集体”成为个体，200多家国有、集体企业被能人“买断”，全身轻装的民营企业赢来了快速发展的春天。

目前，桐城有8家民营企业进入全省50强，15家民营企业进入全省200强，初具规模的民营企业达257家，数以万计的民营企业撑起了桐城的工业体系。在全市经济总量中，民营经济所占份额超过80%。

英国经济学家舒马赫在他的专著《小的是美好的》中作过这样的阐述：从经济学的角度讲，智慧的中心是持续性。小市桐城，作出了对于可持续的注解：参与合肥经济圈内的分工，谢绝重复建设，做到大的有理，小的有戏。

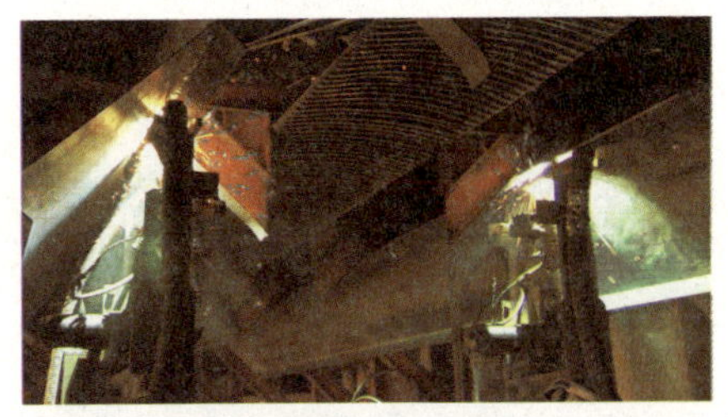

桐城企业生产线

大企业，小产品，桐城民营工业的特点是鲜明的，桐城人耳熟能详的亚洲第一电子布生产线、全国第一羽制品加工、国内最大的运输带生产线，都有意无意地符合着大与小的辩证规律。其实，话也可以这么说，正是特定的人文地域条件，催生出了桐城小产品大规模的工业文化。而这正是经济圈各城市的角色分工。

在安徽的版图上，桐城的区位优势此前并不明显，然而随着国家交通建设的进程加快，桐城市的对外交通变得日益通畅起来。

桐城，北距省会合肥95公里，南临属地安庆74公里，合九铁路、规划中的合安城际铁路、206国道以及京台、沪蓉高速公路贯穿全境；水运经嬉子湖直接通江达海，使桐城必将成为安徽发展战略中“承东启西”的重要节点，也是沿海大中城市产业梯度转移的重要接纳地。桐城北接南融的独特区位优势，是合肥经济圈联动沿江、参与长三角区域合作分工的黄金纽带；桐城地处经济圈南翼、联江通湖、辐射皖西南的独特位置决定了桐城成为经济圈南部门户城市；正在筹划建设的孔城港千吨级码头和鲟鱼长江码头将大力提升航道等级和水

桐城高速公路

运能力，打造桐城上连合肥，下达长江的黄金水道，桐城必将成为合肥这个内陆城市的又一个通江达海的重要航运口岸。未来，随着合肥—桐城城际铁路的开通、206国道的升级改造等交通条件的改善，仅用半小时就能互达，在合肥工作、桐城居住的实现完全有可能。

在《合肥经济圈2011—2015年发展规划纲要》中，桐城市以历史人文资源丰富、民营经济发达等优势，将建设成为合肥经济圈的优势产业配套基地、文化旅游基地、农特产品加工供应基地，成为合肥经济圈联动沿江、辐射皖西南的门户。桐城市按照“一主一次、一带两片”的发展思路，做强东部主城和南部新城两个经济增长核，优化206国道产业经济带，加快发展嬉子湖生态旅游和“唐（湾）黄（甲）青（草）”生态农业特色经济片区，着力打造合肥经济圈的“后花园”。

在搭上合肥经济圈这趟区域经济发展的“特快列车”后，桐城市域经济发展的动力将大为增强，发展的空间将不断扩大。桐城市将结合自身实际，在新一轮城市总体规划修编中，以打造全国知名的历史文化名城为主线，跳出小城市低标准的局限，按照建设与合肥同城发展的现代化中等城市的目标，坚持对现有的老城区做“减法”，突出老城保护与文化旅游业发展；坚持对东部新城做“加法”，突出打造集政务新区、教育学区、商务办公、生活居住为一体的城市综合功能区，确保建成后的新城与合肥中心城市规划对接并显现自身特色。争取早日把桐城建设成为合肥经济圈内更具

高速公路广告牌　经济圈城市

桐城市经济技术开发区

竞争力和辐射力的南部门户城市和合肥市的卫星城市。

除此之外，与省会合肥的产业对接要尽快加强。在加工配套上，积极发展机械制造、印刷包装、建材化工、家纺服装等配套产业，在桐城经济开发区规划1000亩土地，加快建设汽车零部件产业园，打造合肥汽车零部件生产供应基地；规划建设以鸿润、霞珍、双龙等品牌为龙头的家纺产业园，做大做强羽绒产业，打造经济圈内家纺服装产业基地。在仓储物流业上，科学制定全市物流业发展规划，推进开发区物流园建设，发展制刷、塑料、建材、机械、农产品等专业物流，积极培育、引进现代物流企业，加快构建公路、铁路、水运一体化的现代物流体系；在农副产品供应加工上，依托桐城市粮、棉、油、水产品丰富和全国商品粮生产基地、农产品加工基地的优势，打造合肥经济圈的“米袋子”、“菜篮子”，建立合肥农副产品加工供应基地；在新材料、节能环保产业上，着力推进抽水蓄能电站、新能源产业基地、生物制药、无碱玻璃纤维池窑拉丝生产线二期、垃圾焚烧发电等项目建设，加快培育支撑桐城未来发展的新型支柱产业。同时，鼓励市内两个省级经济开发区与圈内城市开发区合作共建，跨区域设立“共建园”，逐步形成层次递进、产业互补、特色各具的产业发展新格局。

桐城市是国家历史文化名城，加强文化旅游对接，以打造圈内“活力文都，休闲天堂”为目标，依托“桐城派”、黄梅戏、文庙、六尺巷、宰相府等享誉海内外的文化旅游资源，正在开发建设孔城老街国际旅游度假区、安徽中国桐城文化博物馆、宰相府六尺巷重建、投子寺文化园、龙眠河综合治理上游“桐城笔会”等项目，不断彰显桐城的历史文化魅力。这些优质的旅游资源将成为与圈内城市旅游互融互通的最有力支撑。通过与圈内城市旅游资源的整合和旅游信息平台建设，共同把桐城打造成圈内旅游休闲度假的优选目的地。

2011年春天，经过精心规划和悉心修整的孔城老街，正式与国内外游人见面。桐

六尺巷

城市发改委也正在加快编制合肥经济圈旅游规划。可以想象，未来的桐城，在合肥经济圈内不但是向南的门户城市，更是圈内城市的文化后花园。

在随后的经济圈的建设中间，桐城将紧紧围绕大旅游发展思路，挖掘旅游景点内涵，打造合肥经济圈文化旅游胜地。着力建设孔城老街、桐城文化博物院、宰相府、六尺巷、嬉子湖等旅游景点。强力推进桐城文化活动中心、严凤英大剧院、六尺巷文化广场、桐城文化街等重点文化项目的建设。打造历史文化街区与山水生态旅游走廊。与此相适应的是，桐城还积极地与合肥多家知名旅行社加强合作，促进桐城融入合肥经济圈旅游市场。

孔城老街修整

2007、2008两年，桐城市将融入省会经济圈作为一项重大战略来部署，并被正式列入桐城市“十一五”发展规划，成千上万的桐城籍人士关心家乡建设，支持桐城入圈的热情高涨。

作为桐城传承文化精神，发展社会经济格局中的“点睛之笔”，突破行政区划，融入合肥经济圈，到更大的平台上去展示桐城城市精神、弘扬桐城文化特质、提升桐城人“敢于超越”的性格，再次写入了桐城经济发展“十二五”规划，这是近百万桐城人的强烈呼声。

桐城鸟瞰

同频共振

每年五月是鱼类成熟的季节，舒城县万佛湖里的打渔船开始忙碌起来。50平方公里水面的万佛湖，每年这个时候，都是捕鱼的高峰季节。水深鱼大，在江淮地区，万佛湖的鱼头名声远扬。捕捞上来的鱼，有一大半被运到省城合肥，走进了大大小小的菜场、超市。

舒城万佛湖

除了鲜活的鱼类，舒城县还是合肥经济圈的蔬菜供应基地。在舒城县最大的农民蔬菜种植合作社舒城舒丰农业有限公司，一排排薄膜大棚里，各类蔬菜冬夏常青，这片嫩绿嫩黄的颜色，不只是农民增收的希望，更是城镇居民蔬菜需求的源头。

合作社的总经理葛自兵说，五年前，他们就开始与合肥进行农业对接。葛自兵介绍说："2007年我们六安市和合肥围绕蔬菜产业进行对接。合肥市委、市政府要求，合肥蔬菜要跳出合肥发展蔬菜，历史上我们舒城原本就是合肥的二线蔬菜供应生产基地，从

舒城蔬菜大棚

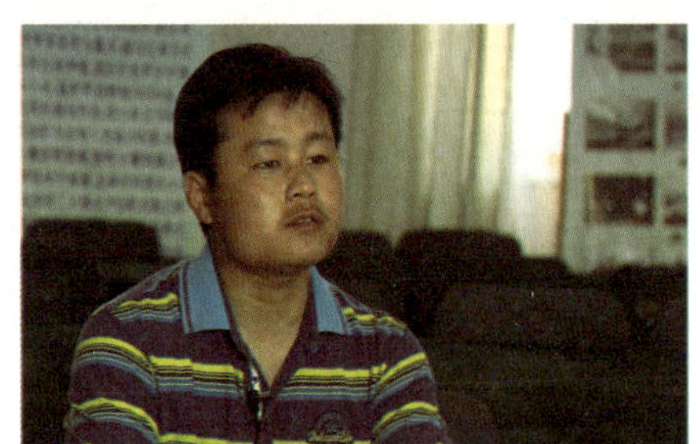

葛自兵

倪虹

2007年开始其实我们就变成了一线生产供应基地。现在我们舒城常年播种蔬菜面积是20万亩，因为我们为合肥供应蔬菜有20万吨。我们舒城现在对合肥的蔬菜产品的正常供给起到很大的作用。通过这么多年对接，我们和合肥市的结合是非常紧密的，我们舒城菜农也希望和合肥紧密对接，这样能够共同把这个基地做大做强，为合肥市能够提供更好的菜篮子产品。”

与舒城紧密相连的桐城市，一批民营企业也把目光盯在了省城合肥的庞大的市场上，经济圈的建设和同城化的前景，使他们经营企业的信心指数成倍地增长。以生产服装起家的安徽天虹集团的总经理倪虹，对于经济圈带给他们企业的利好看得十分清楚，倪虹说："当时我们在发展品牌战略的时候，我们一直在思考，我们要依托什么样的市场，去开拓这个服装品牌市场。自从去年安徽把我们桐城拉入经济圈以后，我有一种特别的灵感，我觉得我们这个依托有了。我觉得依托这个省城，这个合肥经济圈，来发展我们自有的品牌，我觉得这是一个非常好的依托，对我们这个品牌的开拓以及发展，我认为是创造了一个非常好的契机。”

位于和县乌江镇的安徽华星化工股份有限

华星化工　　合肥高新区

公司，是和县唯一的一家上市公司，位居中国农药行业前5强。

从乌江镇出发，到南京市不过二十分钟的车程，和县与南京的经济交流相当密集。但是，和县华星化工并没有将总部迁至南京，为华星化工提供全方位技术支持和新产品研发的是位于省城合肥的安徽省化工研究所。为“华星化工”提供产品出口的服务、开发国外市场的是位于合肥高新区的省外贸公司。作为一家哑铃型的上市公司，它的两个拳头，两个哑铃都在省会合肥。

这样的例子不胜枚举。

在中国“电缆之乡”高沟镇，来自合肥的电缆工程师是无为县电缆行业的人才库；位于六安市霍山县的应流集团，把总部设在了合肥经济开发区；宿松瑞煌光电科技有限公司在合肥高新区设立研发中心和销售中心；淮南八公山的腐乳通过设在合肥的营销中心打向全国市场等等。

对于省会的门户功能，有位经济学家作了一个通俗的解释，他说：“我们大家都知道，合肥市一个省会，它不仅仅是合肥人的合肥，它更是全省人的合肥，也是我们全省企业的合肥。它的资源，有责任也有义务为我们全省的企业服务。”

以科技、人才、金融、市场、物流、交通和优势区位为载体的服务，使省会成为全省企业的门户。这种服务，经济学家称之为“门户作用”。省会要素，特别是自主创新的科技要素，是经济圈内的城市最为期盼的。安徽丹凤集团是桐城市的重点企业，同时也是国内规模最大的超薄型电子布生产企业之一，年逾花甲的董事长徐凌云，对于人才技术的渴求，溢于言表。徐凌云说："我们作为做企业的，有一个迫切的想法，就是人才技术这一块得到支持。因为合肥在中西部省会城市当中，是教育资源比较丰富的一个省会城市。合肥那么多大学，那么多科学技术，应该对桐城的企业的发展，提供许多科学技术支持，特别是这些大学和科研技术实验室都可以对桐城的企业开发。"

随着合肥经济实力的进一步快速增长，合肥对外的直接投资能力和步伐也在加快，"龙头带动"的作用逐步显现。经济圈所承担的引领辐射功能初见成效。

徐凌云

霍山县的与儿街镇，是一个名不见经传的小镇。2010年1月31日，合肥的一家社区企业，在与儿街镇建设盛大瑞龙霍山工业园，总投资1亿元，占地500亩。项目全部建成后，将成为与儿街镇工业集中区内配套齐全、设施完善的综合性工业园区，将进一步改善工业集中区招商引资环境，提升与儿街镇整体对外开放形象，为实现与儿街镇工业主导型综合强镇的目标奠定坚实的基础。在霍山投资兴建工业园的，是合肥市包河区骆岗街道盛大社区的一家股份制企业。盛大社居委书记孙峰介绍说："我们盛大村这几年集体经济发展速度比较快，有了一定的资金积累，所以也就有了向外投资的需求，经过调研考察，我们和霍山与儿街镇达成了建设工业园的协议，一个要补锅，一个锅要补，我们双方都能满足对方的需要，我们作为集体企业，全体村民要对投资进行表决，没想到，这个项目，村民们一致通过。"

盛大瑞龙霍山工业园

一个街道社区的企业主动走出合肥，走向合肥经济圈谋取发展，既具有象征意义，又具有实质性意义，它标志着打破行政区域的界线，按经济规律在适合企业发展的地点布局，已成为区域经济发展的新动向。

随着合肥经济圈的的实质性发展，中国500强合肥龙头企业江汽集团走出去的步伐走得更快。江淮汽车集团（JAC）已将部分配套企业，主动布局在省内六安、蒙城、枞阳、黄山等地区。

孙峰

2010年9月1日，江淮汽车集团、安驰汽车两家公司重组并正式注册成立了安徽江淮安驰汽车有限公司，注册资本1.1亿元，项目一期规划年生产微型车10万辆。公司由江淮汽车集团控股，在蒙城设立江淮汽车集团微型汽车生产基地。江汽集团入主安驰，对于打造皖北汽车生产基地，加快亳州汽车产业发展具有非常重要的意义。在江淮汽车集团的掌门人左延安眼里，这是一个积极的战略行为。左延安介绍说："我们响应省委省政府的号召，振兴皖北，配合省里重要的战略，整合了蒙城的安驰汽车。前几年，汽车企业是比较困难的。整合以后，发展速度还是很快的。坚持了江淮一贯秉承的走质量效益型道路。现在月产汽车五到六百辆。正在做一个年产15万辆的发展规划。集团公司在产业布局上，在'十二五'期间会迈出更大的步伐。在省内，在国内，乃至全球，都有了一些自己系统的项目。"

左延安

郑晓燕

工业经济在走出去的同时，商业网点的全省谋篇，也在加快着节奏。中国500强，合肥商业龙头企业上市公司"合肥百大"集团，几年间，经营网络遍布合肥、蚌埠、铜陵、黄山、亳州、六安、淮南等安徽省主要地市：铜

JAC科研楼

六安百大

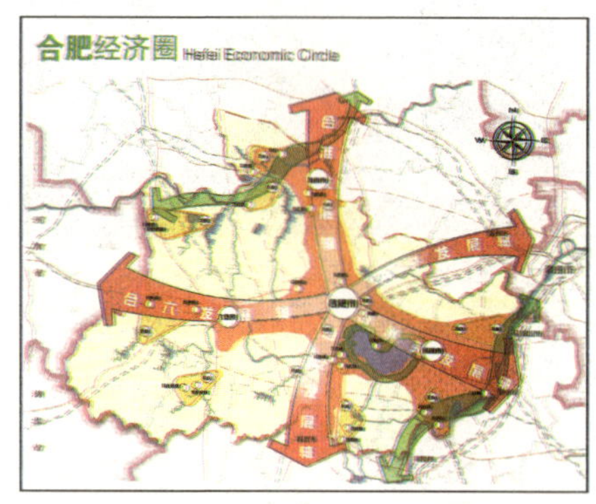

合肥经济圈

陵合百商厦、蚌埠百货大楼、黄山百大商厦、亳州百大购物广场、淮南百大商厦、六安百大金商都购物中心、六安金商都、百大鼓楼高新店、舒城百大购物广场等14家大型百货零售商场、70余家合家福超市和22家安徽百大电器连锁卖场，总营业面积100多万平方米，初步完成立足合肥、辐射全省的战略部署。合肥百大集团董事长郑晓燕对于百大如此密集的行动，作了如下的阐述："我们希望通过这样密集型的开店，加大我们在合肥经济圈的一个整体的优势。以此为龙头，再以长江沿江和江南，以及皖北，这两片为两翼，实现我们立足合肥辐射全省，在安徽省做到区域领先这样的一个战略发展目标。所以我想出这样一个走出合肥，全省发展，实现我们区域领先，做强做大的目标，实现三步走的战略。"

走出去，合作共赢，在更大的空间谋发展，也是众多民营企业的共识。从一家小型汽车配件生产企业发展起来的合肥光太物流有限公司是安徽省物流十强企业。经过十多年的发展，光太已经发展成为一个大型的企业集团。在做好公司的传统业务外，光太集团走出合肥，投入资金，拓展新的产业。在皖南地区，光太集团已经开始了新的项目。

集团董事长王光太说："我们在合肥发展自身企业，总结了一些经验。企业如何去发展壮大，我们可以把这些成功的经验复制到新投资的地区。给当地的企业带来启发，同时也给当地的老百姓带来一些收益。比如我们在皖南的投资，有些兄弟企业，可以给他们提供一些配套，给他们提供配套上的服务，这样一些产品。包括一些规模小的企业，可以给它一些帮扶。”

成长于本土的民营企业金满楼餐饮集团，在合肥经济圈内的所有城市六安、淮南、桐城，以及更远的城市都开设了分店，为当地的服务行业带去了新的经营理念。

带动周边、服务全省、影响全国，这是合肥经济圈的战略定位。毫无疑问，位于合肥新站开发区的中国绿宝集团的中长期规划，与合肥经济圈的战略定位不谋而合。张胜利，这位来自温州的企业家，在收购合肥电缆厂的十年时间里，一直在谋求经营网点的扩张：“十一五”期间，绿宝的销售网络几乎遍布了大半个中国。张胜利介绍说：“省外的网点，在西安、兰州、郑州各大省会城市都有我们绿宝集团的销售总公司，销售办事处和接待处。从今年7月份布局了国外市场，像马来西亚，新加坡，甚至我们香港，都设立了直销的销售公司。今年整个销售势头比较好，因为我的布局比较理想。”

王光太

合肥企业走出去的步伐在加快，合肥经济圈的各行业合作的步伐也在提速，工业、农业、三产、交通、旅游、电信、社保、税务、规划等各个系统都纷纷召开联席会、研讨会和论坛，以各种形式为载体，为合肥经济圈的发展精心谋划，制定政策。

张胜利

合肥市规划设计研究院院长姚本伦介绍，仅仅他们规划部门就联合圈内城市做出了交通轨道规划、高速公路规划、空间用地规划等多个规划项目。姚本伦介绍说：“特别是近两年来，各个部门的联席会议，比如说像规划部门、规划局的局长的联席会议，协商重大的一些问题，解决相互之间的衔接，通过这样一个会商的制度，来解决相互之间共性的问题，促进相互的融合。同时，也整合带动经济圈内的经济发展。”

各个子系统的会商，叠加在一起，将产生巨大的合力。2010年11月30日，合肥经济圈五市党政领导第一次会商会议在巢湖市召开，这是历史上第一次来自江淮之间五个城市的集体拥抱。五个城市的市长在巢湖会议上分别发表了主旨演讲，对经济圈建设达成共识；讨论通过《合肥经济圈城市党政领导会商会议制度》，会议签署了《合肥经济圈城市合作框架协议》，构建一体化的规划体系和推进通信同城化建设。讨论修改《合肥经济圈2011—2015年发展规划纲要》，以及工业、农业、基础设施、轨道交通等5个专项规划。无论是官方还是民间，都对这次会议成果报以热烈的掌声。

半年之后，2011年5月18日下午，合肥经济圈城市党政领导第二次会商会议在淮南隆重召开。会议以“互动·互融·一体化”为主题，大会签署了《合肥经济圈五市党政领导第二次会商会议·淮南宣言》和《合肥经济圈轨道交通建设框架协议》、《合肥经济圈区号统一合作框架协议》、《合肥经济圈开展直购电试点工作框架协议》、《合肥经济圈引大别山优质水资源项目合作框架协议》。

《经济日报》、新华社、中新社、《中国旅游报》、《中国商报》、香港《大公报》、香港《文汇报》、《香港商报》等媒体，以及省内各媒体，合肥经济圈城市媒体共计80余名记者组成强大的新闻采访团聚焦淮南，开展专题报道，为加快合肥经济圈全面推进营造浓厚的舆论氛围。

中新社在文章《安徽5市打造1小时生活圈　投资1508亿建城际轻轨》中指出，合肥、六安、巢湖、淮南、桐城5市正在共同构建一体化合作平台。其中，在经济圈内将建设城际轻轨，建成“一小时通勤圈”和“一小时生活圈”。香港《大公报》刊发配图新闻《安徽五市长签署协议共建合肥经济圈》，文章介绍5个城市市长共同签署协议，约定在经济圈区号统一、直购电试点、城际轻轨、引大别山优质水源等方面开展专题合作。人民网图文互动刊发消息《合肥经济圈五市市长谈一体化发展　共同签署〈淮南宣言〉》。《上海证券报》刊发《安徽着力打造合肥经济圈》新闻。

省内各媒体纷纷集中版面，围绕合肥经济圈建设，进行深度解读。《安徽日报》在会议当天推出“聚首淮南共谋发展”专版，介绍淮南充分发挥能源优势，深度融入合肥经济圈。同时刊发《合肥经济圈举行第二次会商》、《合淮签订城际轻轨共建框架协议》等文章。

淮南会商会议

巢湖会商会议

众多媒体的目光，被“合肥经济圈”这五个字紧紧吸引。各方的解读，见证了经济圈在全国层面产生的影响。

尽管淮南会商依然是探索“合肥经济圈”的发展脉搏，但是它在更多的共识中，完善了“合肥经济圈”发展框架，五城会盟，碰撞出先进思想和成功经验，合作共赢的理念闪耀出灿烂的火花。淮南市委书记杨振超说，淮南开这个会议，是延续第一次会议所决定的重大问题的执行情况。同时部署下一次更紧密、更深入、更具体的合作示范。再一个就是谋划“十二五”第一年，我们各市在产业发展上、在文化共建上、在具体的发展方式转变上，能否有更新的合作项目。

合肥的资源为发展区域经济而共享，各个城市的资源也成为合肥经济圈内的共同资源。在经济圈内互相关联的经济活动中，各个城市之间的优势，捆绑成为城市群的优势。招商引资，这个各个城市重中之重的工作，也以联合出品的面目出现。

在合肥经济圈招商局长座谈会上，招商局长分别介绍了各市的投资比较优势和产业发展重点，认为相互之间产业发展互补性强。“开展联合招商、进行一体化发展”这个想法，也被大家所认同。在这样一个“合肥经济圈”品牌的号召下，局长们也形成了这个观点：“‘联合招商’将使圈内五市招商平台和招商资源的利用更加有效，产业特色更加明显，产业布局更加合理。而同时，合肥经济圈对外宣传推介、承接产业转移的品牌效应更加凸显。”

会后，圈内城市签署了《合肥经济圈城市合作招商框架协议》，打造合肥经济圈承接产业转移品牌迈出实质性步伐。

招商首站圈定深圳。以一个集合面貌出现的合肥经济圈招商会议，吸引了众多的商家企业的兴趣。

在事关民生的项目上，合肥经济圈内城市的合作更加紧密。

合肥经济圈是全省湖泊、水域的聚集地，渔业和龙虾经济尤为发达。水产养殖面积和产量占全省1/3以上，2011年7月，合肥市经济圈内城市的渔业主管部门签署了《合肥经济圈城市现代渔业合作框架协议》，协议规定，经济圈城市将加强健康养殖技术合作，研究健康养殖新模式，推广生态健康养殖新技术，提升水产品质量安全水平。共同打造水产品质量安全的“放心工程”，让消费者吃上安全放心的水产品。随着商品的大流通，巢湖“三珍”、淮南甲鱼、六安“万佛湖鱼头”以及桐城河蟹早已走上合肥寻常百姓的餐桌，成为合肥市菜篮子的有力补充。同时，合肥的龙虾美食也吸引了淮南、六安、桐城的市民前来品尝。龙虾经济早已成为周边农民致富的道路之一。协议将加强龙虾苗种产销合作，共同构建产业服务平台，定期通报龙虾苗种生产、供需、质量、价格信息。加强龙虾养殖生产合作，建立生产与市场需求信息平台，引导企业跨市建设规模化、标准化、产业化生产基地。合肥市畜牧水产局副局长叶际刚说，在进一步深化合作以后，市民的餐桌会更丰富，尤其是一些稀有的、珍贵的、特色的水产品，会更便捷，更新鲜或者更直接；对我们整个从事渔业生产经营者提供更大的平台，会增加他们的收入。同时，共同监管食品安全的力度也会加大。

2011年8月26日，由中国社科院主办的2011年皮书年会暨第二届“优秀皮书奖”颁奖大会在合肥召开。来自全国各行业、各地区的近200名皮书课题组代表和专家学者参加会议。由合肥市政协联合安徽省社科院以及兄弟城市政协联合编纂的《中国省会经济圈蓝皮书——合肥经济圈经济社会发展报告》被大会授予优秀皮书奖。这是安徽省迄今唯一的一套完整系统展现安徽区域经济发展的蓝皮书，也是全国第一套关于省会经济圈的蓝皮书。

合肥市政协主席、《合肥经济圈》蓝皮书主编董昭礼自豪地说：像我们作为省会经济圈，又是由政协牵头来做这件事情，在全国都是独一无二的。

全国皮书年会

安徽省博物馆

金鸡百花奖

吴存荣书记

因为人民政协，智力密集，人才荟萃，我们联手省社科联，来做这项工作，是有得天独厚的条件。这从已经出版的三本蓝皮书来看，质量都非常好，不仅受到了广大读者的欢迎，而且受到了国外友人的青睐，中央一位领导出访澳大利亚，在赠书过程中，其中就有我们合肥经济圈的蓝皮书，这个对我们也是极大的激励和鼓舞。

从2006年第一本蓝皮书出版发行，到2011年第三本蓝皮书问世，历时五年的时间里，蓝皮书的内容不断地丰富，思维不断地创新，视角不断地开阔，三本书，140多万字，记录了合肥经济圈的历史，追踪着合肥经济圈的动态，展望着合肥经济圈的未来。

中共安徽省委常委、合肥市委书记吴存荣在会上发言，他说，近几年来，合肥市围绕建设现代化滨湖大城市的目标，抢抓机遇，开拓进取，经济社会实现跨越式发展，主要经济指标在全国省会城市中实现了争先进位。在中国社会科学院及有关专家学者的指导支持下，合肥市社会科学事业得到了长足发展，皮书编纂工作成果丰硕。从2007年开始，连续出版了《中国省会经济圈系列蓝皮书》，首创了中国皮书系列品牌，为服务经济社会发展发挥了重要作用。

关于蓝皮书的实际作用，社科文献出版社社长谢寿光说："蓝皮书有两个作用：一个是对已经发展的情况、进程、经验、成果进行系统的归纳总结；第二个是对发展的未来进行预测、进行规划。第一个是对过去式进行总结，第二个是对未来时进行预测，起到这么两个作用。"

在全国皮书工作会议上，来自各省的专家学者，对合肥近年来的跨越式发展，表现出了浓厚的兴趣，分析研究合肥的经济文化现象，成为省外学者关注的领域。云南

董昭礼主席

省社会科学院文化开发研究中心主任、研究员王亚南对合肥文化消费现象，专门做论文分析，他说："经济的增长和民生的进步以及文化需求的增长应该是同步的，这个同步性呢在全国不是很好，但在合肥非常好。那么也就是说，经济的增长带来了百姓生活水平的提高，那么也就体现在文化消费需求的增长上了。这一点合肥是比较好的，所以我们的分析结果，从2005年到2009年文化消费需求增长的景气指数提升速度上，合肥连续4年在36个大中城市中排名第一，这就是我们的结果。那么也就是说，在这一点上合肥的文化发展，如果我们以老百姓的文化生活需求得到提升来衡量的话，文化发展和经济增长是比较同步的，是很好的。"他称之为一匹"黑马"。

2010年，区域面积3.86万平方公里，户籍人口近2000万人的"合肥经济圈"交出了这样一份非同寻常的"考卷"：地区生产总值4741.2亿元，占全省的38.7%，对全省经济增长贡献率达41.6%；人均GDP2.4万元，高于全省平均水平；财政总收入725.6亿元，占全省的35.2%。经过5年多的集聚发展，"合肥经济圈"成为安徽加速崛起的重要支撑和巨大引擎，跃升为安徽新的增长极。

做大江淮，带动皖江，联动皖北。合肥经济圈和皖北城市结对前行，合肥经济圈的引擎也将带动皖北的发展。随着《合肥市与阜阳市结对合作框架协议》在合肥正式签署，标志着合肥、阜阳两市的经济文化交流工作进入了常态。结对合作在江苏已有成功的先例，对于安徽来说，它同样是加速区域经济崛起的一项重大决策。

2009年安徽全省生产总值达到10062亿元，成为全国第14个步入"万亿俱乐部"的省份。到"十二五"末，合肥经济圈的地区生产总值将超过万亿。一个充满希望引领中部崛起的"安徽经济板块"，已经看见了它渐行渐近的桅杆。

拥抱明天

八百里巢湖居皖之中，一碧万顷，蔚为大观。资源丰盛的巢湖，从形制上看去，它像个招人喜欢的元宝，闪耀在江淮之间。而从区域经济学的角度观察，巢湖是皖中江淮城市群通江达海的重要介质。

陆勤毅院长

兼具双重特质的巢湖，在2010年的8月，引起了安徽省内外广泛的关注。

2010年8月22日，安徽省人民政府宣布，经国务院同意，撤销地级巢湖市，原辖区县“一分为三”划归合肥、芜湖、马鞍山三市管辖。一时间，国内震动。

被撤销的地级巢湖市位于安徽省中部，濒临长江，因第五大淡水湖巢湖得名，下辖庐江、无为、和县、含山四县和居巢区。

巢湖

根据国务院的批复，撤销地级巢湖市。撤销原地级巢湖市居巢区，设立县级巢湖市。以

采访王可侠

原居巢区的行政区域作为新设的县级巢湖市的行政区域。新设的县级巢湖市由安徽省直辖，合肥市代管。原地级巢湖市管辖的庐江县划归合肥市管辖。无为县划归芜湖市管辖；和县的沈巷镇划归芜湖市鸠江区管辖。含山县、和县（不含沈巷镇）划归马鞍山市管辖。行政区划调整后，合肥市辖4区1市4县；马鞍山市辖3区3县；芜湖辖4区4县。

采访翁飞

拆分巢湖，这个极具现实意义和未来眼光的大动作，是经过了长期的深思熟虑的，在安徽省区域经济快速崛起的今天，适逢其时。

安徽省委宣传部副部长、省社科院院长陆勤毅认为：巢湖撤市，分别划给合肥、芜湖、马鞍山以后，更有利于这三个安徽省经济社会发展状况最好，发展趋势最强劲的地区，能够实现更好更快的发展。

采访徐华

社会学家王开玉教授指出：巢湖划归合肥以后，和合肥连在一起，它的发展会很快，巢湖发展起来了，不仅是经济社会的，而且是发展战略的，是区域经济的一个亮点。

安徽省社科院经济研究所所长王可侠从产业的角度上进行了分析：巢湖拆分了以后，在地域上首先连成片了，这样子就从空间上拉近了三个城市之间的距离。从整个的产业配套上面，也就加强了联系。这样对于整个大产业发展非常有好处。

采访王开玉

作为曾经的地级巢湖市，它在安徽的历史上曾几度分分合合。但总的框架，都是以庐州府为圆心。有清一代，庐江、巢湖就是庐州的辖县。安徽省文史馆馆员、历史学博士翁飞认为，无论是历史还是当下，环巢湖地区都拥有着文化上的共同烙印。翁飞解释说："我们讲的清代的庐州府，基本上是环巢湖，庐、巢、和、含嘛，它代管两个直隶州，在这个过程当中，有一个标志性的语种和语剧，就是庐剧和江淮方言。就是我们讲的庐州土话。南到庐江、无为，西到舒城，这边东边的巢湖，包括定远，都能听到。它的受众大概有一千七百万到两千万的人口。操着这种语言，享受着这种剧种，这是一个独立性的标志性的文化标志。"

庐剧

新中国成立以后，巢湖市历经了多次的区划调整，基于共同的文化符号和历史沿革，巢湖依然不离合肥左右。安徽大学社会与政治学院徐华博士从历史上的巢湖区划变迁，分析了

附 建国后巢湖历次区划调整表

中华民国三十八年六月	皖北行署设立巢湖专员公署，驻巢县，辖巢县、无为县、庐江县、肥东县、肥西县、含山县、和县、三河市、巢湖水上公安局。
1950年3月	三河市并入肥西县。
1952年1月	巢湖、宣城两专员公署合并成立芜湖专员公署，巢县、无为县、庐江县、和县、含山县划归芜湖专署。
1958年7月	庐江县划属六安专员公署；8月，巢县划归合肥市。11月，和县、含山县划归马鞍山市；12月，和县、含山两县合并为和含县。次年4月，和含县再划归芜湖专署。5月，和含县重又分为和县、含山两县。
1971年3月	巢湖专员公署改称巢湖地区行政公署。
1983年7月	肥东县划归合肥市建置。
1984年1月4日	经国务院批准，巢县撤县改市称巢湖市（县级），仍属巢湖地区行政公署管辖。
1999年7月9日	经国务院批准，8月5日省政府批复撤销巢湖地区及县级巢湖市，设立地级巢湖市，地级巢湖市人民政府驻新设立的居巢区青年路。原县级巢湖市改为居巢区，以原县级巢湖市的行政区域为居巢区的行政区域，区人民政府驻东风路。巢湖市辖原巢湖地区的无为县、庐江县、含山县、和县和新设立的居巢区，实行市领导县、区体制。

（续表）

1999年12月29日	中国共产党巢湖市第一次代表大会闭幕，中共巢湖市委员会产生。
2000年1月19日	巢湖市第一届人民代表大会闭幕，第一届市级国家政权机构产生。
2000年1月20日	地级巢湖市在居巢区青年路举行揭牌仪式，中共巢湖市委、巢湖市人大常委会、巢湖市人民政府、政协巢湖市委员会、中共巢湖市纪律检查委员会揭牌。
2011年8月22日	经国务院批准，安徽省正式宣布撤销地级巢湖市并对部分行政区划进行调整，原地级巢湖市所辖的一区四县分别划归合肥、芜湖、马鞍山三市管辖。

张治中和毛泽东

冯玉祥

李克农

巢湖与合肥之间的分分合合。徐华说：“从行政区划来讲，合肥和巢湖就有着一种似乎剪不断的血脉关系。作为巢县来讲，它原来就包含了肥东县，包括肥西县，还包括三河市等等这些。后来伴随着行政区域的调整，作为合肥吸收了肥东、肥西和三河。作为巢县呢，也一度被划入合肥。后来又把它分离出来。从这一点上面来讲，无论是从文化的角度，还是从它的行政区划的变化来说，实际上它都是处在一个大的系统当中的。两者之间，有着密不可分的关系。”

巢湖有文字记载的历史约4000多年，古称居巢。据专家考证，巢湖水下的确有座古城遗址，它可能是带着当时已相当高的文明和发达程度，在一场突如其来的灾难中沉没的。远古消失的文明，给后人带来了无尽的想象。

烟波浩渺的巢湖，巍峨起伏的群山，热气蒸腾的温泉，从宏观上构成了巢湖山水的壮丽气势。

环巢湖地区是“淮军文化”的摇篮。李鸿章在巢湖中庙水域集中编练淮军，一批著名爱国将领——丁汝昌、吴长庆、刘秉章、潘鼎新和肥西籍的聂士成、刘铭传、张树声，正是从这里走向疆场，走向台湾，在抗法战争、甲午战争和抵抗八国联军三大战争中屡建奇功。在长于四分之一世纪的时间里，淮军充当了近代中国国防军的主力，布防区域从东北的旅顺大连起，经山海关到整个直隶、山东、江苏、浙江、台湾、福建、广东、广西，覆盖了整个中国的海疆。巢湖后浪推前浪，张治中、冯玉祥、李克农、戴安澜、孙立人等国共两党的名将，他们的抗日功绩和传奇色彩，更成为环巢湖地区人民共同的骄傲。

巢湖市人民政府

猎猎旌旗下，何以环巢湖地带人物辈出？它又是一片什么样的历史土壤呢？史学界人士分析，皖中属南北文化民风交融之地，既有北方的彪悍，又有南方的精明。吴楚文化的同时浸润，造就了巢湖子弟胸怀天下的眼界和才干。

庐江县政府

改革开放以后，巢湖市的社会经济发展取得了明显的进步。然而，长期夹在合肥、南京两大城市之间，巢湖并没有左右逢源。经济学家分析，正是因为巢湖是在县级城市的架构上升级为地市级城市，因此发展起来，动力不足。安徽省政府参事，区域经济学家程必定分析说：“巢湖市原是县级市的构架，拉的是地级的摊子，拉的是一万多平方公里这样的面积。现在适当地调整一下，生产力和生产关系要相适应。这样才符合科学发展观。”

采访武菁

行政区划调整后，合肥市增辖县级巢湖市和庐江县，地域面积扩展到一万一千多平方公里，人口增加到750万以上。合肥的城市空间、经济体量实现双扩容，合肥市“十二五”规划中要“发展成为区域性特大型城市”的目标，现在看来，已见雏形。

采访程必定

张宝顺书记

中共安徽省委书记张宝顺指出："国务院批准我省部分行政区划调整，为全省优化中心城市战略布局，打造核心增长极创造了有利条件，也奠定了合肥区域特大城市的幅员基础。"

位居中国五大淡水湖之一的巢湖，终成安徽省会合肥的内湖。这个由外而内的变化令"泛长三角"区域格局陡然生变。一直在南京光环笼罩下的安徽东部城市实力突然大增，而大合肥的辐射力进一步加强。在区域经济学家眼里，这一轮调整大动作将使中东部继南京城市圈、武汉城市圈和长株潭城市圈后诞生又一个形制上的特大城市圈——合肥经济圈和江淮城市群。

分拆巢湖引起了众多媒体的关注，中央人民广播电台"中国之声"作出了这样的报道：调整巢湖的主要流域集中于合肥市，安徽将设立专门的巢湖管理机构，可以实现对巢湖的统一规划、统一治理、统一管护，有利于加强巢湖流域综合治理，增强可持续发展能力。"中国之声"特约观察员作了如下点评：

"安徽正式撤销了地级的巢湖市，这样的行政划分意义在什么地方呢？我觉得这是中国中部又一个特大城市圈——合肥经济圈形成了。中国的城镇化进展是中国现代化建设进程当中非常重要的一部分，最近几十年以来，主要的城市或者城市圈都是集中在东部沿海，但是近年来中部也开始出现了一些城市圈，比较接近沿海的像南京城市圈，另外还有武汉城市圈，还有长沙的长株潭城市圈。"

"现在又出现了一个合肥经济圈，因为巢湖被一拆为三之后，首先得益的就是安徽省会合肥。合肥原有的面积是7000多平方公里，把巢湖的部分城区加入以后就有10000多平方公里了，这就是一个特大城市的规模了。另外马

李扬

鞍山、芜湖，安徽的另外两个大城市也由于得到了巢湖的一部分而变大了。我觉得这里还值得关注的是，现在安徽的三大城市就是合肥、马鞍山、芜湖，基本上都在安徽省的中部，整个安徽省的经济实力肯定会由这三个大城市的扩容而显得更加强大，带动全省经济的作用也更大。但是另一方面，我们看皖南和皖北，皖南就是像黄山那边，皖北接近山东那边，一南一北这两头还是缺乏大型的城市来带动。”

“我相信安徽省今后在考虑全省经济平衡发展时也会考虑到这个问题，除了中部有了三大城市以外，一南一北如何加快协调和发展。”

“城市影响力常常需要靠规模来支撑”。暨南大学城市与区域经济研究中心教授覃成林长期研究区域规划，他认为：中心城市的发展对城市化的推进与区域经济的发展，具有重大的推动作用。随着经济的较快增长，不少中心城市面临着区域狭小、发展空间不足的问题。合肥就是一例，近年来该市GDP一直在保持较快增长，但其城市规模与周边省份省会城市相比偏小，将巢湖市一部分划归合肥后，对于确立合肥中心城市的地位，推动以合肥为中心的城市群的大发展是个重大利好。

而在广州市社科院区域经济研究所白国强看来，合肥做大以后，将在国际竞争中占据更为有利的地位。

被毛泽东称为“为皖之中”的合肥，从滨湖时代一跃实现临江发展，从地理面积讲，新合肥超过了南京和武汉，这不仅改变了安徽省传统的行政区域人文地理和经济格局，也可能对整个长江中下游城市带产生前所未有的影响。中国社会科学院副院长李扬对合肥非常看好，在回答安徽媒体的提问时，李扬说：“合肥集聚了现代经济发展的所有要素，特别是教育的资源、科技的资源、体制的资源、创新的资源都有。但是合肥长期局限在一个比较小的范围里，它的辐射作用、潜力挖掘，都不能够充分实现。给它一个更大的舞台，合肥就会发挥更大的作用。可能会弥补长江流域的一个经济布局的缺陷，上面有武汉比较大，下面有南京、上海，中间过去长期觉得是一个弱项。我们的经济资源、信息资源或者往上走，或者往下走，中间实际上是有效率损失的。而合肥本身是可以发挥这方面作用的。这次调整，让合肥发挥这样一个大的作用，对全流域，乃至全国的经济发展起了个带头作用。”

“沿途一望，生气勃勃，肯定是有希望的，有大希望的”。在不远的明天，一个新合肥，一个新安徽，将呼之欲出。

2011年6月，国务院正式发布的《全国主体功能区规划》，江淮地区被列为全国18个重点开发区域之一。这也是江淮地区首次被列入全国重点发展的8大城市群当中，而合肥是江淮城市群中的核心城市，在全国最新的生产力布局中，合肥承担起重要的战略功能，向区域性特大城市新跨越成为必然。中国社会科学院副院长李扬建议合肥要紧紧抓住这个国家战略带来的机遇：“大家知道，‘十二五’规划中有很多亮点，其中有一个非常大的亮点，过去很少说的，就是主体功能区。从区域发展的角度，从形成辐射带这些角度，来规划整个经济发展战略。这也是一个国际潮流。我作为研究者，我注意到，最近几年来，新的经济地理学，方兴未艾，很多大牌经济学家都在研究这个问题。可见这是一个世界性问题。我们‘十二五’规划，迎合了这样一个世界性问题。我们合肥幅员扩大，应当说是顺应这个潮流的，意义非常重大的。”

就在区划调整前一个月，位于合肥北部，隶属滁州市的定远县，发出了要加入合肥经济圈的呼声。

这个滁州市面积最大，人口最多的县，与肥东县接壤，距合肥市直线距离只有70多公里，比淮南距合肥的距离还要近，更重要的是，定远拥有丰富的矿产资源和农产品资源，向南靠拢，把资源和市场进行最优化的配置，做强县域经济，是定远未来南融合肥经济圈的重要考量。

从两翼展翅的六安、巢湖，南北呼应的淮南、桐城，到今天的拆分巢湖，定远加盟，合肥经济圈在动态中不断地开放、升华。在未来，还将产生1加N的“蝶振效应”。

那么，合肥经济圈城市群将是一个什么样的结构呢？我们试图作出对蛛网结构远景的描述：

大家可以看到，一个城市的发展有各种各样的模式，传统的模式就是摊大饼的模式，这种摊大饼的模式，经过实践证明，有很多的弊端。很多摊大饼的

合肥站动车　　动车组乘务员

城市无论是交通、无论是经济的布局、无论是就业、无论是教育，各方面都产生了很多问题。特别是生态方面，问题就更大了。我们合肥经济圈作为一个新型的经济发展的区域，我们可以吸纳成功地区的发展经验，对一些摊大饼式的不那么成功的区域，引以为教训。因为合肥经济圈以后逐步发展，实际上是一个城市群和大都会的概念，那么在这个城市群和大都会里面，我们就不能够再走摊大饼的老路了。我们应该把生态的建设和城市群的发展，糅合在一起，所以城市和城市之间，我们可以用信息的高速公路，用我们现在的高速铁路、高速公路给它连接起来。除了我们的信息高速公路和高速铁路这种有形的路以外，我们还有很多无形的，比如说，市场的联系、产业网络的联系、就业网联系、招商网的联系、人力资源网的联系，所有这些都构成一个网状的结构，这种网状的结构，有利于城市与城市之间的发展，也有利于城市与城市之间绿色生态的保护。

在蛛网结构的背后，更值得期待的是，它将为经济圈内的人们带来前所未有的生活体验。

至“十二五”末，合肥经济圈将构筑以合肥为主枢纽，客运高速化、货运物流化、综合枢纽换乘便捷化的一体化现代综合交通运输体系。合肥到圈内城市的通行时间不超过1小时，形成1小时通勤圈和生活圈。与其他城市之间通行时间不超过2小时。

交通的便利为旅游业带来黄金机遇，2011年7月，安徽省旅游局发布安徽省旅游“十二五”规划，其中特别提出，合肥被定为三大旅游中心城市之一，合肥经济圈要建成中部区域旅游中心和全国有影响力的旅游目的地。同时，合肥市也编制完成《合肥经济圈旅游发展规划》，加快实现合肥经济圈城市旅游一卡通和直通车。

区域信息一体化，这个听起来似乎很专业的词，编织的是一张在经济圈内畅通无阻的空中电波网。合肥经济圈内现有固定电话400多万部、移动电话850多万部。正在推进中的合肥经济圈电信区号统一，移动网络统一，固定电话号码升位，IP宽带接入，构建三网融合平台，实现经济圈内通信同费，是圈内通讯用户们期盼的时刻。

随着合肥经济圈信息一体化的建设，圈内的市民将体会信息共享带来的更多实惠，一张社保卡，在圈内城市互联互通，为密集流动的人群，提供更为直接的保障服务。

同是圈内人，共饮一山水。皖西大别山佛子岭、梅山、响洪甸和磨子潭等水库水质优良，是很好的饮用水资源。合肥经济圈建设将统筹“引江济巢”和大别山优质水源，合理供水。

第一次以完整面目和公众见面的，是安徽省住建房和城乡建设厅编制下发的合肥经济圈城镇体系规划。

在国家层面，合肥经济圈总体功能定位是：全国重要的科教基地、能源基地和区域性交通枢纽；国家承接产业转移示范区和自主创新示范区。

在区域层面，合肥经济圈是安徽省参与泛长三角区域合作的核心区；泛

三十岗桃蹊百果园

长三角区域重要的科技创新基地；长三角西向发展的门户，与武汉城市圈、中原城市群、昌九城镇群、长株潭城市群等竞争合作，实现中部崛起战略。

在省域层面，合肥经济圈是安徽崛起的战略增长极；安徽进一步对外开放的门户区；安徽新型工业化和科学城镇化的重要承载地；安徽创新型建设和区域合作的示范引领区；拥湖临江、依山傍水、宜居宜业、和谐创新的生态型城镇群。

合肥经济圈是安徽参与构建泛长三角的桥头堡和排头兵。结合合淮同城化、合滁中国家电产业基地、合芜蚌自主创新综合配套改革试验区、皖江城市带承接产业转移示范区等区域发展新思路，合肥经济圈范围的不断扩容，显现了安徽区域经济合作的不断提升。同时，还要进一步强化以合肥为核心带动全省的发展理念，构筑更大范围、开放、动态、发展、升华的合肥经济圈。

在这个规划里，对圈内各项建设精妙详尽的设计，一旦实现，将会彻底改变皖中地区故存的面貌。

合肥市：创造现代化滨湖大城市形象，突出合肥市“园林城”、“宜居城”、“人文城”、“科技城”、“活力城”特色。

淮南市：创造“三山鼎立、三水环抱、三城互动”的城市形象，突出淮南市山水园林城市特色，建设宜居、宜游、宜创业城市。

六安市：创造“依山傍水”的城市景观，打造“皋陶故里、楚风遗韵、红色六安”的城市形象，突出生态旅游城市特色。

桐城市：创造“山水文都”、“黄梅戏故乡”的城市形象，突出桐城“千年文化古城”、“山水旅游城市”特色，打造“江淮第一古镇”文化旅游品牌。

在不远的将来，合肥将成为继沪宁杭之后，长江中下游流域新兴的一个特大型城市。

合肥经济圈的城市，将成为辽阔的泛长三角腹地绿海中的群岛。绿海就是城市间高度发达的绿色生态农业的大海和城市内森林的大海。城市周边的绿色生态农业和森林城市就会像大海一样，调节城市和城乡间的环境。蛛网状结构的城市群，绿海中互联互通的充满活力的群岛，是城市群发展模式的新探索。

快速崛起的合肥经济圈，在迎接产业转移的大经济背景下，成为驱动安徽经济发展的大马力引擎，必将托起江淮大地走向文明富强的未来。强省之梦，在敢立潮头、善抓机遇的安徽人民手中，必将实现。

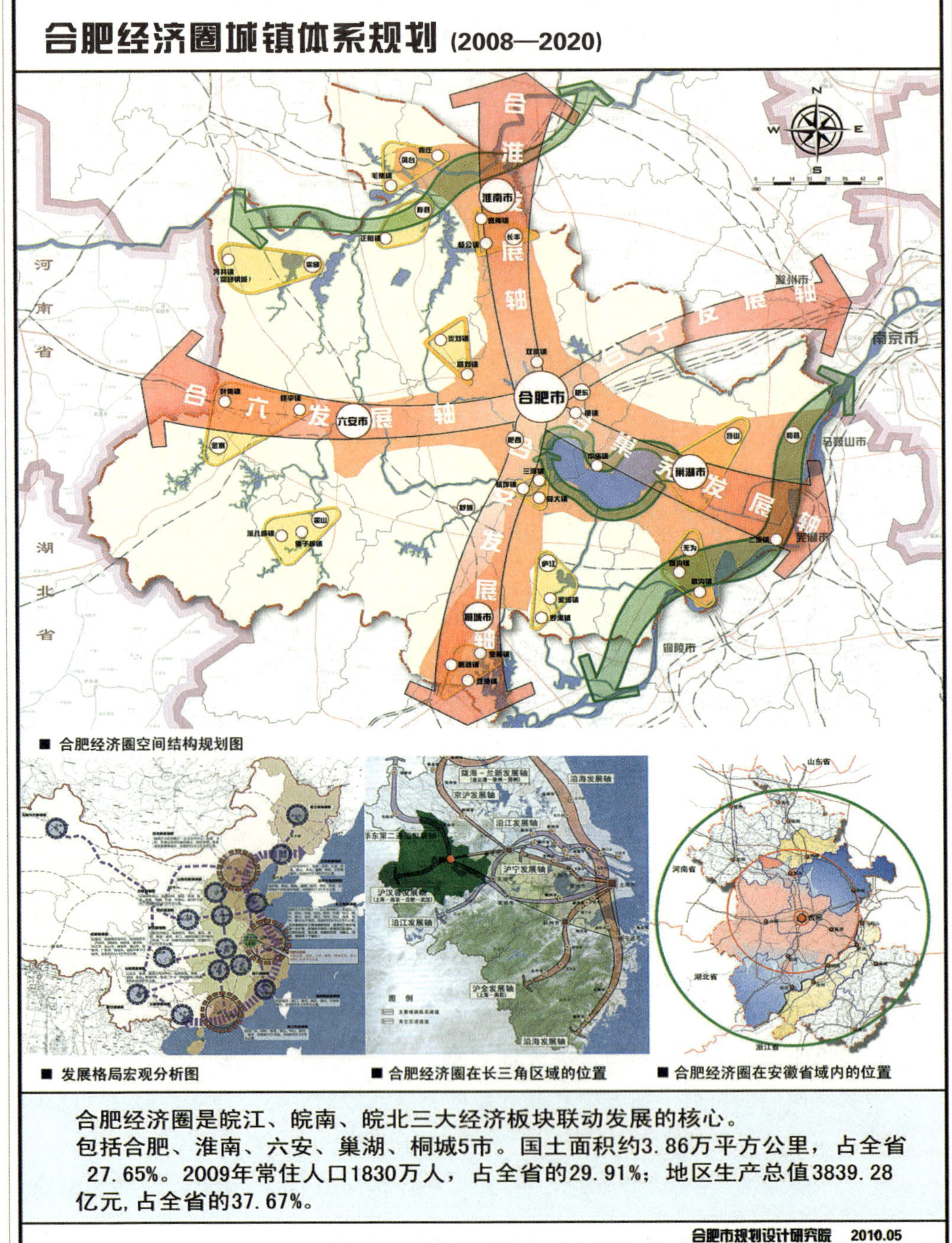
合肥经济圈城镇体系规划 (2008—2020)
合淮发展轴
合六发展轴
合宁发展轴
合巢芜发展轴
合安发展轴
合肥市
淮南市
六安市
巢湖市
桐城市
南京市
马鞍山市
芜湖市
铜陵市
滁州市
河南省
湖北省
■ 合肥经济圈空间结构规划图
■ 发展格局宏观分析图
■ 合肥经济圈在长三角区域的位置
■ 合肥经济圈在安徽省域内的位置
合肥经济圈是皖江、皖南、皖北三大经济板块联动发展的核心。
包括合肥、淮南、六安、巢湖、桐城5市。国土面积约3.86万平方公里，占全省27.65%。2009年常住人口1830万人，占全省的29.91%；地区生产总值3839.28亿元，占全省的37.67%。
合肥市规划设计研究院 2010.05

合肥经济圈规划范围示意图

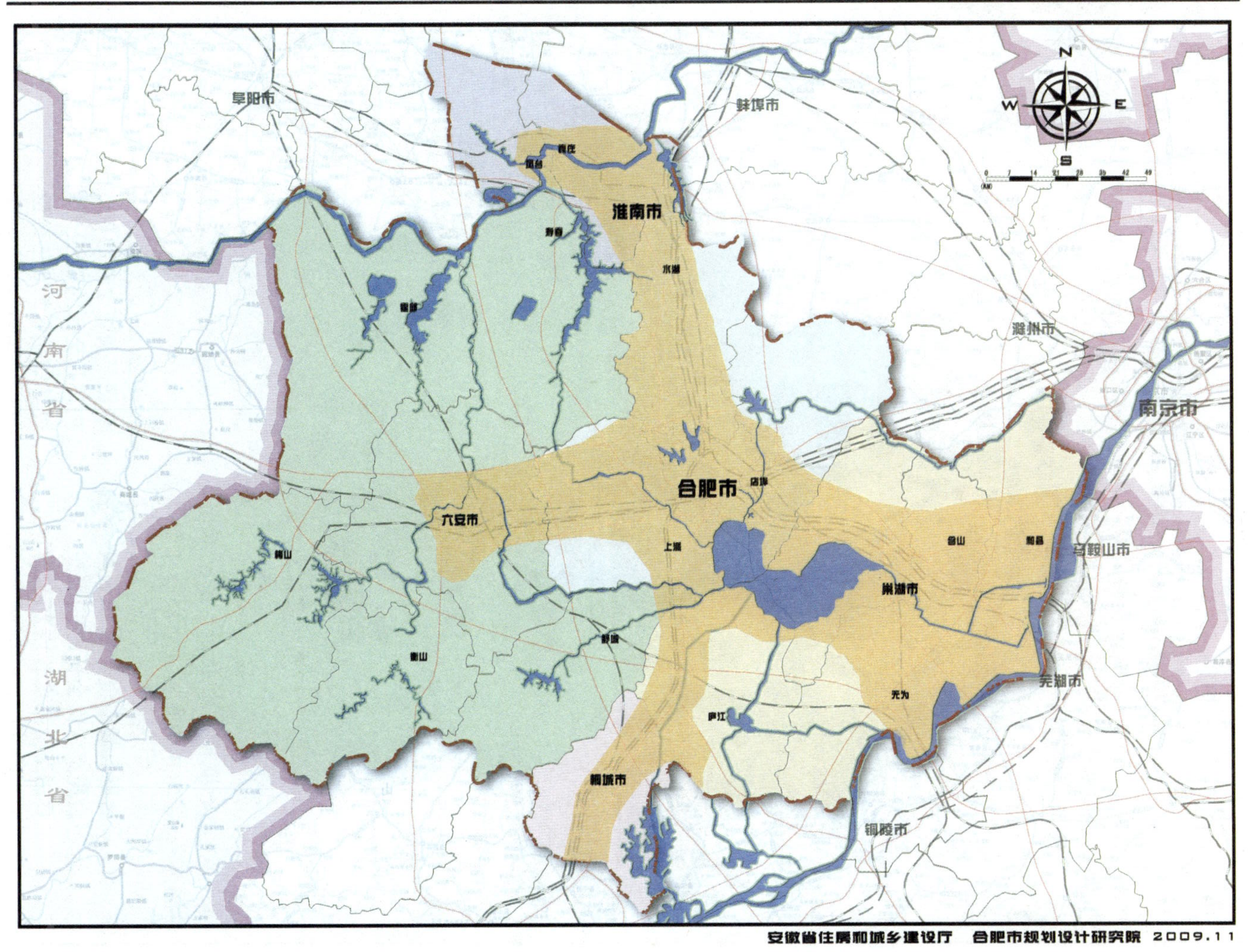

安徽省住房和城乡建设厅　合肥市规划设计研究院　2009.11

合肥经济圈轨道交通线网规划总图

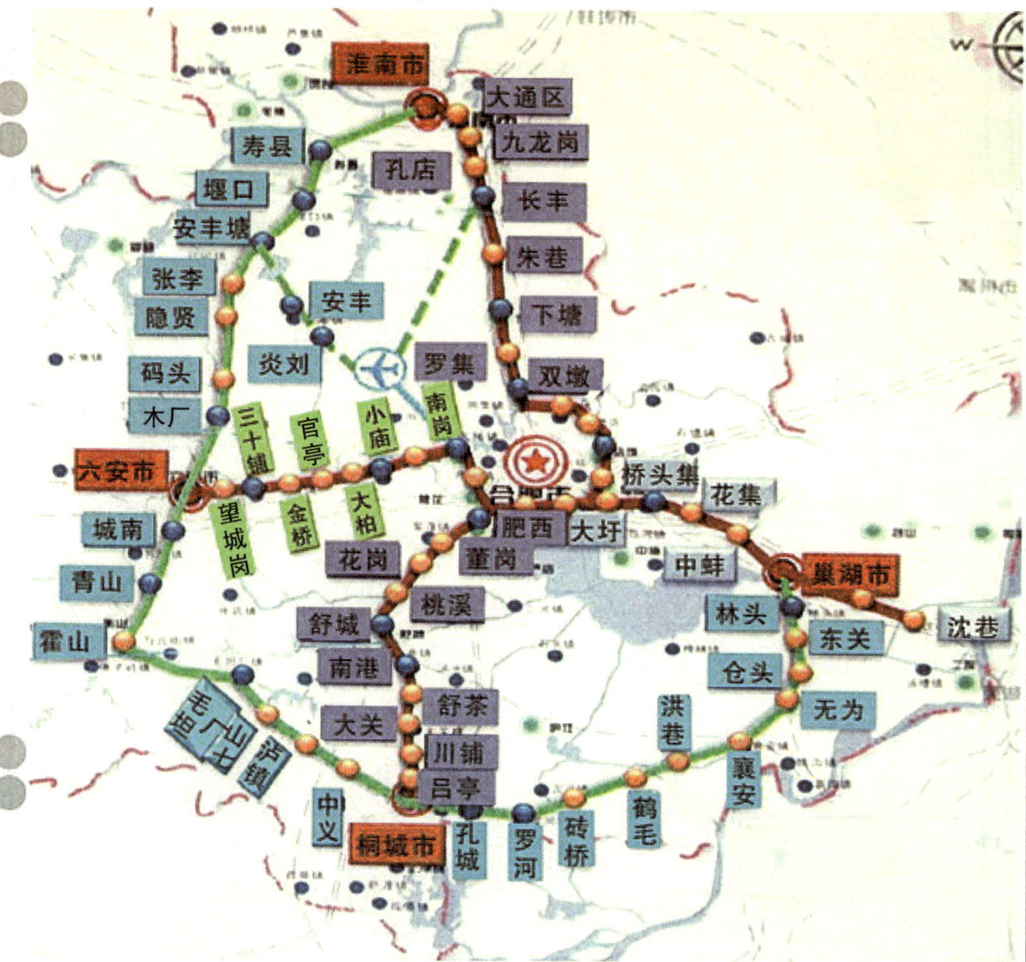

说明：根据专家审查会及五市相关部门提出的修改意见完善后，该规划已于2011年4月18日经济圈五市联合上报省政府。

合肥至淮南全长约75公里	合肥至桐城全长约86公里
合肥至六安全长约60公里	内环线全长约82公里
合肥至巢湖全长约76公里	外环线全长约375公里

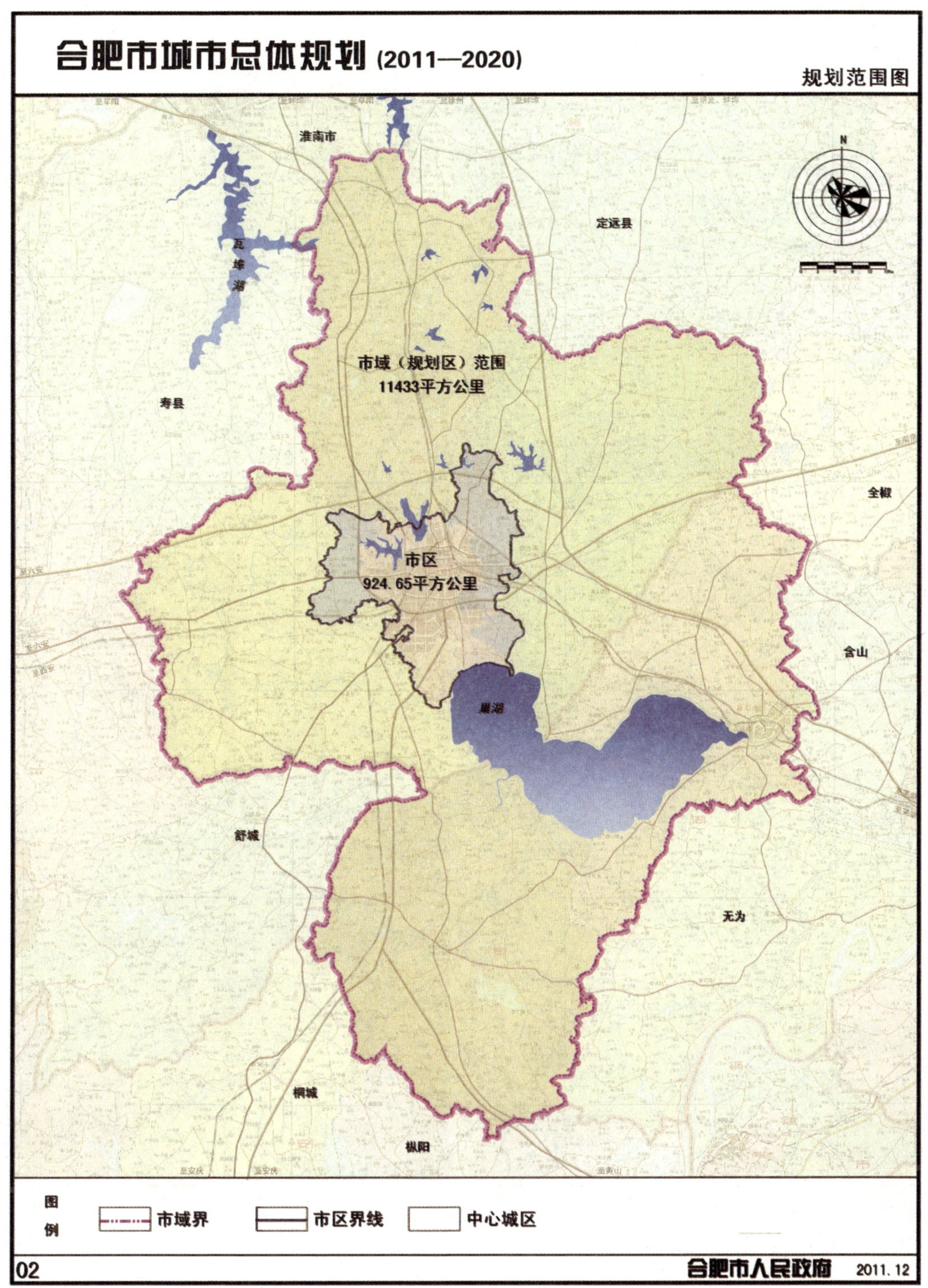

合肥市城市总体规划（2011—2020）
规划范围图
淮南市
瓦埠湖
定远县
寿县
市域（规划区）范围
11433平方公里
全椒
市区
924.65平方公里
含山
巢湖
舒城
无为
桐城
枞阳
图例
市域界
市区界线
中心城区
02
合肥市人民政府
2011.12

合肥市城市近期建设规划（2011—2015）对外交通规划图

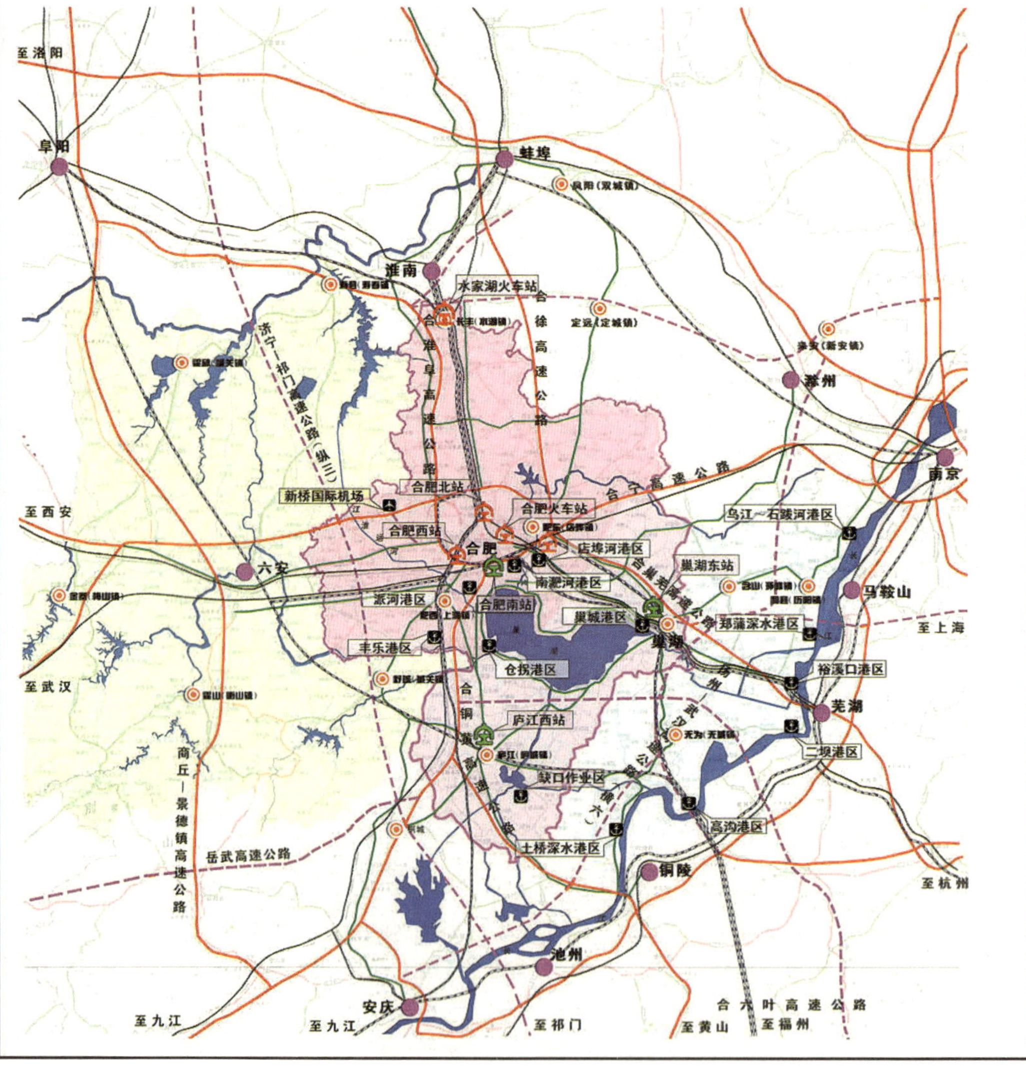

后 记

《话说合肥经济圈》一书，是一本讲述合肥以及江淮地区区域经济发展历史的读物。

本书在创作过程中，得到合肥市政协、安徽省社科院、安徽大学、中共合肥市委宣传部、合肥市文化广电新闻出版局、合肥市统计局、六安市委宣传部、淮南市委宣传部、巢湖市委宣传部、桐城市委宣传部、合肥工业大学出版社等单位的大力支持，同时还要感谢南京市政协、苏州市政协、无锡市政协、南通市政协、休宁县人民政府、休宁县政协给予的大力协助。许多知名专家学者给予了本书学术上的帮助，在此特别感谢原安徽省政协副主席、中科大管理学院院长方兆本教授、安徽省社科院院长陆勤毅教授、安徽大学副校长吴春梅教授、安徽省社科院区域经济学专家程必定研究员、社会学家王开玉研究员、南京大学马俊亚教授、安徽省社科联翁飞博士、安徽大学社会与政治学院徐华副院长、安徽大学历史系教授武菁、原安徽省摄影家协会会长康诗纬先生、合肥市文化广电新闻出版局王节局长、合肥市国资委朱明峰主任、合肥市统计局王亚斌局长、合肥市规划局王爱华局长、合肥市规划设计研究院姚本伦院长等同志的指点和帮助。本书还引用了一些老照片，这些老照片的作者不详，对他们的贡献，在此表示最诚挚的感谢。还有许多相关部门的领导和专家的指导。在此一并致谢。

图书在版编目（CIP）数据

话说合肥经济圈／盛志刚，吴旭东著. —合肥：合肥工业大学出版社，2012.3
ISBN 978-7-5650-0670-8

Ⅰ.①话… Ⅱ.①盛… Ⅲ.①电视专题片—解说词—中国—当代②区域经济发展—概况—合肥市 Ⅳ.①I235.2②F127.541

中国版本图书馆CIP数据核字（2012）第011081号

话说合肥经济圈

著 盛志刚 吴旭东 责任编辑 李克明 方立松、王磊 金伟

出 版 合肥工业大学出版社
地 址 安徽省合肥市屯溪路193号
邮 编 230009
电 话 总编室：0551－2903038 发行部：0551－2903198
网 址 www.hfutpress.com
E-mail press@hfutpress.com.cn
版 次 2012年3月第1版
印 次 2012年3月第1次印刷
开 本 787mm×1092mm 1/16 印张 9.5
字 数 185千字
印 刷 安徽联众印刷有限公司
发 行 全国新华书店

ISBN 978-7-5650-0670-8 定价：48.00元
若发现印装质量问题影响阅读，请与出版社发行部联系调换